說給我的孩子聽系列　**面對人生的10堂課**

說給我的孩子聽系列　**面對人生的10堂課**

面對人生的10堂課

興趣與志向

出版序

學校沒有教的事，讓我們說給孩子聽

有好多事，我們想說給孩子聽。

教改實施後，升學壓力仍在，許多家長雖然於心不忍，卻還是得讓孩子面對激烈的學習競爭。「不能輸在起跑點上。」我們常這樣叮嚀孩子，但看到孩子拖著疲累的步伐趕赴學校、補習班，看到孩子的眼神不再有熱情和渴望，對自己失去信心，我們還能說服自己，這一切都是爲他們好嗎？

記得有個朋友曾聊起他的兩個兒子。他的大兒子功課很好，從進小學到畢業，都是第一名；小兒子調皮好動，功課總是吊車尾。他和他太太覺得，上天已經給了他們一個優秀的兒子，如果要求兩個孩子一樣好，那就太貪心了。既然小兒子不是讀書的料，他們對他的教育一向是「快樂就好」，讓他自由參加活動、發展興趣，從不逼他讀書。

上國中後，有一天，小兒子的導師打電話給他：「你兒子的智力測驗全班最高，功課卻很不好，我教書二十多年，從沒見過這種情形。」熱心的導師鼓勵他小兒子讀書，從此成績開始進步，後來考上醫學院，當了醫師。

原來，他小兒子是自覺比不上哥哥才不想唸書。由於父母沒給壓力，他得以自由發展，一直過得很快樂。朋友相信，就算他小兒子功課一直不好，考不上好學校，這種樂觀的態度也會跟著他，使他一生都受益！

聽了這段往事，讓我感觸很深，我想我們做父母的有必要重新思考，什麼樣的教育對孩子最有益？哪些人生建議能眞的幫助他們成長？

其實，教育最初的目的，是幫助一個人了解自己、發展自己，並能在生活中實際參與及互動。讀書考試之外，還有好多我們必須天天面對的事：

金錢——建立正確的金錢觀念，創造價值

時間——培養正確的時間觀念，把握分秒

個體與群體——認同群體，發展自我

溝通與表達——說自己想說的話，與世界相連

興趣與志向——做自己想做的事，發揮所長

身心健康——愛護身體，學習保健之道

生與死——了解生命的價值，體會生命的祝福

邏輯與智慧——提升思考能力，擴展人生格局

對台灣的愛——深化對家鄉的認同與感情

未來生活——展望未來，有自信面對未知的變化

這些事，在教科書裡找不到，考試也不會考，卻與人生幸福息息相關，需要我們說給孩子聽！這些事，就編寫在《說給我的孩子聽——面對人生的10堂課》裡，是您給孩子最好的禮物！每個主題都包含多則小故事，在孩子探索的過程中，您的陪伴將給他們信心，您的分享能減少他們的摸索——每則故事後還附有延伸問答，您和孩子可以輕鬆開啟話匣子，分享彼此的想法。

多麼希望在自己年輕時，也有這樣一套書來說給我們聽，減輕我們人生路上的徬徨與不安。早知道，早幸福，總有一天，孩子也跟我們一樣要面對真實的世界，相信有了這10堂課，他們對未來會更有信心！

簡志忠

前言

從好奇心和熱情開始

多數孩子從四、五歲開始，會對世界上的各種現象感到好奇，常聽到他們問「爲什麼」，有時問得深入些，還會把大人考倒呢！可是等到他們進了小學，課業愈來愈重，能接觸的知識愈來愈多，好奇心反而減少了。

如果好奇心能得到滿足，孩子就會受到鼓勵，充滿探索的熱情，不斷把觸角伸向這個世界。許多名人、偉人都曾在兒時表現出旺盛的求知慾，並將興趣發揚光大，累積豐碩的成果。

知名的「昆蟲詩人」法布爾就是如此。他從小喜愛自然，養成細心觀察、做實驗的好習慣。在他成長的法國南部鄉村，每到夏天都有蟬聲不絕，法布爾很好奇，爲什麼即使有人靠近樹，蟬兒也不會像鳥兒一樣，躲起來或停止鳴叫？

他猜想，蟬兒可能根本聽不見。

爲了證實自己的猜測，法布爾借來了一尊小鋼炮，在樹下發射空包彈。結果，蟬兒眞的沒反應，繼續叫個不停！法布爾終於確定蟬是「耳聾」的！

好奇心是興趣的發端，當孩子發問時，代表他有求知的興趣，此時正需要協助、鼓勵和支持，但是，我們懂得怎麼做嗎？

當孩子拆解玩具或家具，我們只會責備、甚至處罰他們嗎？

當孩子著迷於故事書、漫畫，我們會告誡他們「這樣會妨礙學業」嗎？

當孩子熱中於聽音樂，我們會威脅要沒收他們的CD嗎？

孩子對事物有興趣，通常不會隱藏，如果我們願意傾聽他們自發的聲音，認眞看待他們的提問，一定可以找出適當的方法，幫助他們發展興趣，走出自己的路。

做自己喜歡的事，最容易獲得成功，我們相信，每一個孩子都可以做得到！《面對人生的10堂課——興趣與志向》以名人的經驗爲借鏡，透過三十則生動有趣的小故事，描寫發展興趣和立定志向的各種可能性，而每則故事之後，更編寫耐人尋味的問答，藉由小朋友和大朋友的對話，

提示多元的觀點，也讓親子有延伸討論的空間。

好奇心和熱情是值得鼓勵的，我們相信，當孩子肯定自己，並願意以積極、負責任的態度培養興趣、立定志向，必能開創屬於自己的人生！

感謝陳維壽老師、邵婷如小姐、倪敏然先生，在書中與讀者分享發展興趣和立定志向的經驗。

喚起熱情，讓世界不同

爸爸失去一條腿，要怎麼幫他找回來？
我要讓阿貴說出台灣人的心聲。
登上美國職棒大聯盟，我終於做到了！
我的動畫會帶來愛、冒險和勇氣！
只要看我們畫的漫畫，就會充滿歡笑！
研發最小的風扇，我會跑在最前面！
別人不要的垃圾，是我眼中的黃金。
求道的路途，我會勇敢走下去。

替爸爸找回一條腿

陳森榮建立義肢生產王國

民國四十九年，才十九歲的陳森榮，結束了四年修理機車的學徒生涯，和父親、弟弟們湊了一點錢，開了間小小的機車行。

雖然不到二十歲，也還沒當兵，技術純熟的陳森榮對機車行的未來充滿信心。當時台灣的經濟正逐漸發展，有能力買機車的人愈來愈多，他相信機車行的生意一定會愈來愈好，也把車行當做全家人的生活重心。

可惜這個夢想才剛開始，卻被一場意外改變了。

這年的農曆大年初一，因爲剛剛開了車行，全家人開開心心的騎著兩部機車，打算南下到廟裡燒香請求保佑。沒想到就在半路上，一輛汽車急駛過來，陳老先生閃避不及，當場骨折，就這樣失去了左腿。

少了一條腿的陳老先生，整整有一年都無法接受這個事實，每天躲在家

裡，不出門、也不拿拐杖，把自己封閉起來。

陳森榮看到父親這樣，心如刀割，因爲他心目中的父親是一個剛毅的人，爲了扶養七個小孩長大，日日辛勤耕田，也不曾喊過辛苦，如今卻因爲身體殘缺，變得如此消沉。陳森榮看了很不忍心，覺得自己有責任協助父親重建信心。

因爲這份孝心，陳森榮開始嘗試製作義肢，希望能做出一支像眞腿一樣的義肢，讓父親行動自如，不再那麼痛苦。

原本對義肢設計一竅不通的陳森榮，利用修機車學來的機械原理，一次又一次的試驗、改良。他把父親的腳當實驗品，自己做模型，不行就打掉重來。每當有新的設計，陳老先生就試穿、試走。不只試著走路，也試著爬樓梯、走斜坡、跨水溝；晴天試，雨天也試，看看天雨路滑時走路安不安全、會不會滲水……

陳森榮日以繼夜的研究，終於製造出一支品質遠超過當時市面產品的義肢。當時的他只是爲了減輕父親的痛苦，並沒有打算將製作義肢當成自己的事業，可是老天爺似乎暗中注意著這個孝順的孩子，成功的腳步就這樣慢慢走近陳森榮。

民國五十年，陳森榮設計的義肢首次申請專利獲准。退伍之後，他設計的義肢效果一傳十、十傳百，民國五十八年更接到退輔會委託幫殘障榮民製作義肢的大筆訂單。爲了接應愈來愈多的生意，陳森榮終於在四年後成立了德林公司。

他不斷研究創新，並引進國外的技術，也憑著自己的產品，開拓全球市場。德林的產品三、四十年來屢獲世界各國的專利，並榮獲德國紐倫堡發明展金牌獎、日內瓦發明展金牌獎、國家磐石獎等殊榮。昔日那個修機車的庄腳孩子，如今已是全球生產義肢的巨人。

（石芳瑜）

沒想到陳老先生的車禍，卻讓他的兒子一腳跨進製作義肢的工作，發展出這麼大的事業！

人生的禍與福的確很難說。沒有人會希望自己或親人失去一條腿，但重要的是有沒有勇氣去面對問題、能不能以積極的態度解決困境。

陳森榮幫父親做了一隻全新的腿，也幫他找回失去的信心。

兒子的孝順和努力，確實讓陳老先生激起生命的意志，但是，如果陳老先生始終消沉，不肯接受兒子的協助，不願站起來和兒子一起嘗試，他們的義肢也不會如此完美。

遭逢挫折時，難免意志消沉，這時身邊若有人協助，往往是很大的鼓勵。不過有些人寧可自暴自棄，即使旁人伸出援手也不接受，這樣只會把自己逼到絕望的死角啊！

立志打造東方迪士尼

張榮貴締造阿貴傳奇

二〇〇三年六月十三日，美國《時代》雜誌在日本頒發「亞洲英雄」獎，鼓勵這一年來在亞洲有卓越貢獻的風雲人物。這份名單中，除了有高知名度的台灣第一夫人吳淑珍女士之外，還有一位張榮貴先生。

大家對張榮貴這個人可能並不熟悉，想像力豐富者，說不定還以爲他是長榮集團董事長張榮發的手足。其實，張榮貴只是一個農夫之子，而他之所以能得到如此殊榮，是因爲他創造了風靡亞洲、甚至美國的動畫人物——「阿貴」。

張榮貴不否認，天眞的阿貴正是他自己的縮影，而動畫中其他的角色，也都取材自他生活週遭的人物。

張榮貴成長在桃園中壢的農家，從小喜歡看電影的他，心裡埋藏著一個

導演夢。雖然家境不好，貧窮並未侵蝕他的夢，他爲了實現這個夢想，離開家鄉到繁華的台北市，窩在一間泡棉工廠半工半讀，賺來的錢全都交給了電影院。當時的台灣電影還算景氣，張榮貴考上文化大學電影系，但等他出社會開始圓導演夢時，台灣的電影業已經日落西山了。

張榮貴心裡想：「此刻拍電影，倒不如回家種田。」但是美夢做到一半，怎能如此草草收場？於是張榮貴稍稍調整了跑道，跳入剛開始蓬勃發展的MTV產業，當起了音樂錄影帶的導演。二十年來，他拍了上千支MTV，以及數百支廣告，也算對自己有了交代。至於張榮貴會闖入網路動畫世界，則要拜一位失戀的特效人員所賜。

幾年前的某一天，一位特效人員因失戀而影響工作，差點延誤張榮貴的拍片進度，那時他才驚覺到該未雨綢繆，於是買了生平第一台IBM蜂鳥型二八六電腦，開始進入電腦特效的世界。幾年來，他也曾隨著眾人跳入網路創業的熱潮，把自己弄得滿身傷痕，賠掉無數金錢，沉潛好一陣子後，他努力爬出谷底，又回到網路動畫的崗位，經過「胖花木蘭」動畫的失敗經驗後，引出張榮貴台灣人樸拙、堅韌的性格，他決定藉著頭大大、說話有點鼻音、天真的小孩「阿貴」來重新開始。

但是人算不如天算，阿貴網站開張的那一天，居然碰上台灣百年來最大的地震「九二一」，張榮貴心想：「這次眞的完了！」但是，這一震也震出他最後的力量，張榮貴決定向不可能挑戰，他在兩個禮拜內，收拾殘局硬著頭皮往前衝，網站終於開張了！

危機也是轉機，九二一大地震使許多人陷入憂鬱的心情中，而輕鬆有趣的阿貴，讓許多人暫時忘卻現實的煩惱，一時之間，阿貴紅遍國內外，許多廠商捧著錢要和張榮貴合作。但是張榮貴並不想讓阿貴當個曇花一現的卡通人物，他想把阿貴塑造成亞洲迪士尼的主角，像米老鼠一樣，讓大家歡笑，忘掉煩惱。

當然，東方迪士尼還是個夢想的藍圖，阿貴還有好長的路要走。誰知道有一天，張榮貴的一位美國朋友說要傳給他一則現在美國很流行的網路動畫，他打開一看，竟然是自家的阿貴！

阿貴成功了，《時代》雜誌給張榮貴入圍英雄榜的理由是：「阿貴眞實表達了台灣人的心聲，和台灣人生活的點滴。」

（徐正雄）

哇！沒想到頭大大的阿貴已經受到外國人的歡迎。

生命的本質就是找出自己的特點，一個看起來完美無缺、卻和許多人一樣的人，是引不起注意的。張榮貴失敗許多次後，才發現自己最眞誠的那一面，正是吸引別人目光的所在。

我也曾經和張榮貴一樣尋尋覓覓，爲的是找出自己的特點，從前我很羨慕西方人，拚命想變成他們，希望被西方人注意，後來才知道西方人對東方人最感興趣的，往往不是東方人如何練就一口流利的英語，或對西方歷史有多少了解。西方人最好奇的是東方人的民俗風情、內心的想法和生活點滴。

所以當個純真的台灣人也是很棒的！

魔球投手異鄉發威

曹錦輝讓全世界看見台灣

「我就是不服氣，別人能做到的，我一定可以做得更好！」

來自台灣後山的曹錦輝，憑著一股不服輸的勇氣，踏上之前被視為不可能的美國職棒大聯盟，成為台灣第一位站上大聯盟投手丘的人。

二〇〇三年七月二十五日，曹錦輝正式踏上丹佛鬧區的庫爾斯球場，讓遠在太平洋彼岸的台灣沸騰到極點，但是對於在風暴中心的曹錦輝來說，這些都是他意料中的事，他一點也不緊張，因為他一直在期待著此刻的到來，這是夢想成真，有什麼好怕的？

小時候的曹錦輝只是個平凡的阿美族少年，既不高也不壯，再加上個性內向沉默，在棒球名校光復國小裡並不是什麼風雲人物，也不是棒球隊的主力選手。但是曹錦輝一直覺得棒球很好玩，而且能跟同學們一起跑跑跳跳，遠比坐在教室裡有意思多了。

升上光復國中後，曹錦輝的個子開始竄高，也開始練起投手來，這是一個更困難、更辛苦的位置，不過也更容易成爲明星球員。後來當高雄縣棒球名校高苑要吸收曹錦輝入隊時，他卻一度猶豫。從小到大沒有離家過，現在要遠赴高雄，對一個不過十六歲的小球員來說，的確是不小的心理衝擊。

當時台灣東部並沒有優秀的高中球隊，傳統上優秀的東部原住民球員都會往北部或南部發展，像是「大郭」郭源治加入台北的華興，「台灣全壘打王」、目前職棒興農隊的張泰山則是屏東美和中學出身。

加入高苑棒球隊，是曹錦輝人生的轉捩點。高苑棒球隊是當時全台灣環境最好、但競爭也最激烈的高中球隊。在球隊裡除了正選的球員之外，還有所謂二軍，甚至三軍，人數比起一支職棒球隊還要多，想要在高苑當正選球員，除了球技得達到水準之外，更要能承受比賽時的緊張和隊友間的競爭，對於一群還不滿十八歲的高中生來說，壓力如排山倒海而來。但也就在這麼複雜的環境下，曹錦輝從單純內向的小男生，成長爲開朗有自信的大男人。

曹錦輝在投手丘上的光芒是擋不住的，早在高二時就投出了逼近時速一百五十公里的快速球，也率領高苑獲得高中棒球聯賽冠軍，高三時更是集榮耀於一身，在正式比賽中突破一百五十公里球速大關，贏得第四屆金龍旗冠軍，並當選最有價值球員。當時陳金鋒已經跟美國職棒洛杉磯道奇隊簽約，而曹錦輝也成爲美國球隊最努力爭取的明日之星。

曹錦輝高中畢業後，被科羅拉多落磯隊以天價兩百二十萬美金，合台幣超過七千萬的簽約金網羅，這筆簽約金至今仍是台灣史上第一高價。從簽約的那一刻起，曹錦輝就下定決心，要成爲台灣第一個登上大聯盟舞台的選手。雖然因爲手傷，讓曹錦輝比陳金鋒晚了一年才升級，但曹錦輝卻率先爲台灣選手完成多項紀錄，包括首次三振、首次勝投，甚至連台灣人在大聯盟的首支安打都是由曹錦輝所締造。曹錦輝站上全世界最高水準的舞台，讓全世界的人都看見了台灣。

（林煒珽）

曹錦輝之所以能成功，除了本身的棒球天才外，最主要的一點在於他的自信和決心。平時瀟灑隨性的他，只要一提起棒球，立刻變得認眞起

來，態度截然不同。

去美國打大聯盟實在不簡單，隊友都是來自世界各地的菁英，每個人都要會說英語呢！

曹錦輝不只在球場上很厲害，下了投手丘，他也常常令人驚奇。他剛到美國時，一句英語也不會講，而現在已經可以自在的和隊友開玩笑。曾有美國的新聞記者私下表示，很久沒看過這麼聰明的年輕球員了，對曹錦輝的前途非常期待。

雖然我不是棒球迷，但是看到曹錦輝出場比賽，真是與有榮焉。

曹錦輝曾說，用他最擅長的棒球替台灣爭光，是他對家鄉的一點點貢獻。他說這些話的時候，兩眼炯炯發光，映照著棒球場綠油油的草皮，老實說，他的光芒真的耀眼得不得了。

乘著動畫的翅膀飛起來

宮崎駿為大小朋友築夢

「等我長大，我要當飛行員，就能開爸爸製造的飛機了！」

這是動畫大師宮崎駿小時候的願望，因爲爸爸在飛機工廠工作，讓他萌生成爲飛行員的夢。不過，後來他將繪畫的興趣轉而做了動畫導演，於是我們少了一位飛行員，卻多了許多扣人心弦的動畫電影可以欣賞呢！

宮崎駿從一九八四年開始製作動畫，《龍貓》、《天空之城》等作品，不知擄獲了多少大小朋友的心。在他的動畫作品中，總是可以捕捉到「飛翔」的影子，宮崎駿讓自己的夢想在動畫中化爲另一種形式飛揚起來。他的作品中最明顯的特色就是「冒險、愛和勇氣」，許多觀眾在他的電影中找到童年錯失的回憶，更得到無限的歡樂和探險的滿足感。

宮崎駿曾表示，他希望自己的作品不只是製造聲光效果的娛樂，或是單純編織一個夢幻般的國度。他希望，小朋友不管在五十年前和五十年後觀賞他的動畫電影，都能從中獲得同樣的滿足，這種穿越時空的感動才是支持他不斷創作的動力。

宮崎駿對動畫品質的要求非常嚴格，他總是在題材的選擇上力求貼近小朋友的心靈。他喜歡將自己降到和小朋友一樣的高度來看待世界的種種，而且很關心他所說的故事小朋友能看懂多少？體會多少？

在漫長的創作生涯中，宮崎駿付出的青春歲月早已化爲一格格的畫面陪伴著小朋友一起成長。由於年齡和健康的關係，他在一九九七年推出《魔法公主》後宣布退休了！但是不到三年又決定復出，並且推出了膾炙人口的動畫《神隱少女》，因爲宮崎駿始終無法割捨他最愛的動畫！

他曾這麼說過：「再度復出，是爲了鼓舞以往一起合作的夥伴，因爲我們都有共同的興趣，那就是不斷爲小朋友增加他們童年的歡樂。爲了實踐我的理想，我不會再輕言離開了。」

宮崎駿對自己的作品充滿了使命感，例如他曾在《神隱少女》中安排主角千尋獨自坐上電車出發到未知的遠方，他曾說，設計這簡單的場景是爲了告訴孩子：「當你一個人坐上電車時，那就代表你即將展開人生中某段充滿期待的旅程了。」

就是這些看似平凡的細節和充滿勇氣的人物，不斷的在宮崎駿的作品中出現。像是《風之谷》中捍衛風之谷和平的娜烏西卡。這個故事諷刺著現代文明的醜陋，以及關懷自然的情感，並呼籲人類必須和平相處。所有看過這部動畫的人，不免都要深刻的反省和思考。

宮崎駿認爲現在的世界充滿著不安，讓成年人無法爲孩子承諾一個祥和無憂的環境，生活在經濟蕭條、生態問題，甚至是恐怖行動等種種威脅之下，他所能做的、並且可以一直持續堅持的，就是製作更多優質的動畫，讓孩子的童年留下一些甜美的回憶。

（凌明玉）

還好宮崎駿爺爺沒有真的退休，不然我們就沒有那麼多好看的動畫了！

一個人的興趣可以持續一輩子，讓興趣成爲工作的一部分再將其發揚光

大，才是不簡單呢！宮崎駿爺爺的「吉卜力工作室」還培養了許多和他一樣堅持理想的人哦！

原來，宮崎駿爺爺還有很多「徒弟」！

對呀，就像《龍貓》中小米灑下了橡樹種子，只要種子發芽，有一天就會長成大樹，這就是宮崎駿爺爺實現夢想的力量！

創造哆啦A夢的好朋友

藤本弘和安孫子素雄因漫畫結緣五十年

「要是我也有哆啦A夢就好了！」

相信在寂寞或遇到困難時，你也曾這麼想過吧！可見哆啦A夢無所不能的形象，在許多大朋友和小朋友的童年回憶中佔有重要的地位呢！早在一九六九年就出現在漫畫上的「哆啦A夢」——這未來世界才有的產物，在當時為讀者帶來了充滿科技的想像。

一般人都以爲哆啦A夢的作者是「藤子不二雄」，其實這是錯誤的資訊。原來「藤子不二雄」是由藤本弘和安孫子素雄這兩位作者所組成的筆名，直到一九九六年，藤本弘因肝病去世，日本出版社爲遵從藤本弘的遺願，開始著手統一全球的哆啦A夢譯名，大家才得知藤子不二雄是由兩個人組成，而在台灣，大朋友記憶中的「小叮噹」，便成了小朋友眼中的「哆啦A夢」了。

藤本弘和安孫子素雄兩人是從小學五年級就認識的好朋友。因爲兩人興趣相投，都喜歡畫漫畫，於是一起畫畫、投稿，後來更一起成立了「零工作室」，還共用筆名長達五十年之久！這一份爲了漫畫而一起努力的情誼，眞是令人感動。

其實哆啦A夢的原始構想和故事都是來自藤本弘，但是包括安孫子素雄在內的工作團隊成員，也參與了哆啦A夢系列漫畫的繪製。如果忠實讀者仔細比較，就可以看出不同時期畫風的轉變，例如哆啦A夢的身材就經常忽高忽矮、忽胖忽瘦呢！

小時候的藤本弘原本想當科學家，但是遇到同班同學安孫子素雄後，經常共同討論並切磋畫漫畫的技巧，這讓他們後來有了「藤子不二雄」的黃金組合。熱愛科學的藤本弘，在哆啦A夢的漫畫中「預言」了許多二十一世紀才出現的科技產物，例如行動電話和數位相機等，這也算實現了他想當科學家的「發明」夢吧！

哆啦A夢漫畫在他們的努力之下，光是在日本就發行超過一億本以上，還有亞洲各國電視台播出的卡通，加上一九八〇年起每年一部動畫電影，哆啦A夢的讀者已經遍布世界每個角落了。

藤本弘曾說過：「如果可以多爲一位讀者畫上笑容，那我就不枉成爲漫畫家了。」可見藤本弘不只熱愛漫畫，他更眞心希望每個讀者都能從他的作品中得到滿足。

在哆啦A夢故事中，大雄和哆啦A夢的友誼，就像藤本弘和安孫子素雄緊密的關係。雖然在一九八八年兩人曾因畫風日漸出現差異，爲了保持哆啦A夢漫畫的一致性而不再共用筆名，但在藤本弘過世後，安孫子素雄決定繼續推動哆啦A夢動畫電影的製作工作，他感慨的說：「藤本先生是個傳統的漫畫家，也是個天才。因爲認識了他，我才會成爲漫畫家啊！」

他們兩個人的友情從童年一直延續到白髮蒼蒼，就像哆啦A夢口袋中的「NS徽章」道具，N極戴在藤本弘的身上，S極就在安孫子素雄那裡，兩個人即使分開了，在漫畫的道路上，還是會像磁鐵的NS兩極那樣，緊緊吸引著彼此！

（凌明玉）

如果能和好朋友成為一起工作的夥伴，又能維持五十年的友誼，那一定很有意思！

這的確是很難得的一件事。並不是每個人都那麼幸運，可以和自己的好朋友一起開創事業，做自己喜歡做的事。對藤本弘和安孫子素雄來說，哆啦A夢就像連結他們興趣的密碼，讓他們長達五十年的友誼有了更深一層的意義。

要怎麼找到跟自己志同道合的好朋友呢？

如果同班同學中沒有這樣的人，或許可以參加學校社團，或加入網路的社群，應該可以找到許多同好，彼此切磋、交流資訊，即使未來沒機會一起創業打天下，也能因爲彼此的鼓勵而進步、成長！

親愛的，我把風扇變小了！

洪銀樹堅持創新，領先群倫

常有人說，如果有個富爸爸，就可以少奮鬥二十年。但是有個窮爸爸，卻能憑自己的赤手空拳打出天下，更令人欽佩。洪銀樹是其中一例。

洪銀樹從小家境不好，父親在菜市場賣菜養活一家。考大學時，他跟許多窮人家的孩子一樣，以師範大學作爲第一志願，希望可以拿公費唸書，可惜落榜了。他只好放棄升學，到台北一家小型精密機械的進口商工作。

當時的洪銀樹學歷不高、英文不好、對機械技術又一竅不通，本來應該不會有發展的，但他不服輸也不自卑，不但認眞工作，勤於向公司的工程師請教，下班後還去進修，逐漸累積對馬達相關產品的知識。

說到馬達、風扇，人們多半會聯想到一部部笨重的機器。但就在一九八〇年，洪銀樹偶然讀到美國物理學家理查・費曼的一篇文章，開啓了他的想像空間。費曼在文章中提到：「美國國會的全部圖書，將可以放進一顆微小的晶片中。」

當時三十一歲的洪銀樹深受啓發，他相信「輕薄短小」將是未來科技發展的趨勢，許多東西都將變得愈來愈小，而馬達和風扇也不例外。於是洪銀樹決定成立公司，研發微型馬達風扇，公司名稱叫建準電機，意思就是「建立標準」，因爲他一心要跑在其他人的前面。

洪銀樹曾在高雄地區爲客戶做維修服務，他留意到許多大公司因經營不善而倒閉，這些大公司都是幫國外廠商代工，必須仰賴國外的技術。這使洪銀樹體會到，想要讓公司永續經營，一定要研發出自己的技術，並擁有專利和品牌，因此，建準成立後，他非常重視產品的研發及專利申請。

在公司成立的第六年，一項專利要在二十三個國家提出申請，花費總計超過三百萬，許多人覺得這樣不划算，因爲三百萬在當時可以買一棟透天厝了，大家都笑洪銀樹是神經病。洪銀樹自己也猶豫過，畢竟三百多萬不是小數目，但最後他還是決定提出申請。

就這樣，經過了多年的努力，建準在全球取得的專利已經超過六百三十項，而且一直在持續研發、申請新專利，成功的掌握了馬達風扇最核心、也最先進的技術。

風扇主要的功用是散熱，我們在夏天吹風扇來散熱，電腦也是利用風扇來散熱，只不過電腦用的風扇很小，而筆記型電腦和手機裡用的風扇，體積更是跟一塊錢硬幣差不多。現在全世界的筆記型電腦中，已經有一半以上使用建準的散熱風扇。

爲了減低噪音和磨損，提高散熱的功能，洪銀樹不斷改良，首創磁浮風扇，技術領先世界各國，而且爲了試驗馬達的壽命，他曾在家中裝設了三十個，經過了連續九年多的實驗，終於證明磁浮馬達是非常耐用的。

洪銀樹的毅力也改變了他的家庭，在他創業那年，家中的老么出生，但是卻因嚴重的黃疸導致腦性麻痺，坐和站都需要人協助。洪銀樹夫婦認爲復健是孩子唯一的希望，於是想盡辦法找治療師爲孩子做復健，讓孩子終於能跟正常人一樣行動。他們深刻體會身心障礙孩子的處境，便在一九八九年成立了「聖淵啓仁中心」，來幫助更多有身心障礙孩子的家庭。

（李美綾）

哇，沒想到有那麼小的風扇！

聽起來很神奇，但的確是眞的！洪銀樹因爲研發出超小型散熱馬達，獲得經濟部頒發的「卓越創新獎」，眞是實至名歸。

我覺得洪先生很有眼光，他申請專利，為後來事業的發展，打下了深厚的基礎。

也許很多人都知道擁有專利的重要性，但是眞要掏出錢來申請的時候，恐怕就有很多人打退堂鼓了。這說明了有眼光也要有膽識，想法要付諸行動才有用。

會讓一般人放棄希望的困難，反而能激起洪銀樹的鬥志，他以樂觀的態度和積極的行動，突破障礙，把不可能都變成可能了！

要將廚餘變黃金

劉力學永遠跑在最前面

劉力學（Pierre Loisel）是加拿大人，三十多年前被神通電腦公司派來台灣推銷電腦，從此和台灣結下了不解之緣。當時包括一〇四查號台和台電、中油等單位，都曾在他的協助下建立電腦化系統。可是就在劉力學升上神通電腦公司副總經理、前程似錦之際，他卻決定退休了。

轉換跑道後的劉力學做什麼呢？答案是：收廚餘！

劉力學是一個很關心居住環境的人，時常自己想辦法解決環境的難題。比如他的家在台北縣三芝和石門交界的海邊，濕氣很重，他便自己蓋房子，在木頭和牆壁的縫隙夾入回收的塑膠袋，有效的阻隔了濕氣。

另外，為了解決社區的垃圾問題，他主動奔走，興建了台灣第一座社區焚化爐，還在海邊種了一千多棵樹來美化環境。社區焚化爐建成後，他除了

處理、焚燒垃圾外，還教導社區民眾如何將垃圾分類，大家必須通過垃圾分類的「測試」，才可以將垃圾依類放入焚化爐內。

焚化爐雖然很方便，可是無法燒掉廚餘。劉力學再度發揮鍥而不捨的精神，找遍美、日等國的環保網站，又向我們的環保署請教。可是環保署的人員告訴他，廚餘變堆肥的計畫經費龐大，還不見得會有成果。

劉力學不放棄，找到台灣大學的吳三和教授，他是研究廚餘的專家。吳教授告訴劉力學，廚餘要做成堆肥，至少要堆到一百五十公分高，而且有氣味的問題，一般家庭沒辦法做。但是劉力學信心滿滿，先花了一星期到處收集吃剩的營養午餐，累積了十噸的量，然後打電話給吳教授，請吳教授來教他做堆肥。

吳教授本來以爲劉力學在開玩笑，沒有理他，沒想到劉力學等了許多天沒見到吳教授，因爲家裡臭氣沖天，不得已只好載者滿車的廚餘到台灣大學找他，吳教授才相信劉力學是認眞的。

劉力學和吳教授就這樣開始進行廚餘再利用的研究計畫。如今計畫已經成功，政府借重他們的經驗，陸續在台灣各地展開收集廚餘的工作。有的鄉鎮因爲廚餘回收而減少了三分之一的垃圾量，大大減輕了自然環境的負擔。

廚餘變堆肥的計畫，在劉力學的堅持下已經有了成果。那他的下一個計畫是什麼呢？他想在最貧瘠的東北角海岸，種植出品質最好的有機蔬菜和花卉。台灣東北海岸的土壤貧瘠，又是東北季風的風口，一般作物是很難在這裡生長的，可是劉力學卻選擇在這裡開闢農場，他要利用廚餘做出來的堆肥，栽植有機蔬菜。

「我要在最難的地方，種出最好的成績！」他信心滿滿的說。

依照過去經驗，我們相信劉力學是認眞的；而且憑著他專心一致、勇往直前的精神，我們也相信他一定辦得到！

（戴淑珍）

為什麼劉力學總是做一些別人沒做過的事情呢？

劉力學喜歡挑戰自己，他認爲這樣才能成爲先驅者，人生也才有意義。

很難想像一位電腦公司的主管改行去收臭臭的廚餘，難道他不在乎別人的看法嗎？

有人問過劉力學這個問題，他的回答是：「人本來就應該自由自在的過日子，不應該活在別人的價值觀中。」其實只要是自己有興趣的事情，堅持到最後就能做出成果來，過程中又何必在乎別人的看法呢？

餓出成功的出版人

隱地走出困頓，以文學為餐

你有過餓的感覺嗎？你曾過過那種有一餐沒一餐的日子嗎？如果你沒試過，讓隱地來告訴你。

隱地本名柯青華，一九三七年出生於上海，七歲時跟著父親來台灣。隱地本來可以在亂世中過好日子，因爲他的父親在當時擁有極高的學歷，學的又是外語，但他的父親卻從來沒讓他好好吃過一頓飯。

隱地的父親是讀書的料子，卻不是做生意的好手，不管做什麼生意，最後只有一種結果，就是賠。但是隱地的父親深信人生如潮水，有起有落，只要堅持理想，最後一定能成功。

隱地父親的想法沒錯，不過他似乎不知道自己太天眞了：日本友人送他一棟房子，三兩下就被親戚給騙走了；老婆辛苦爲他準備要做生意的黃金，也隨便就被朋友借走。這樣一個名校的大學生，最後只好去北一女教書。可惜他心猿意馬，一點兒也沒把心思放在教書上，弄得最後，全家唯一棲身的宿舍被強制收回。

隱地的母親，原本就爲丈夫生意不順而鬱鬱寡歡，誰知道這下子連住的地方也沒了，好面子的她只好去跳河，幸好沒死，後來便和隱地的父親離婚，改嫁他人。隱地從小在貧窮和悲慘的家庭中努力求生存，吃完這餐，下一餐還得碰運氣，因爲沒錢租房子，隱地甚至住過防空洞。

年紀小小的隱地，賣過報紙、送過煤球，生活雖然困苦，但從不曾放棄求學。不過大學聯考時，隱地並未像父親一樣好運，數學考了零分，讓他懊惱許久，最後在一位長輩的建議下才進了軍校。軍中供吃供住供讀，又有零用錢可花，對隱地來說眞是一個養精蓄銳的好地方。

隱地從國中就開始寫作，因爲經過太多苦日子，比一般人奮發、早熟，所以文章也寫得比別人精采，受到許多讀者和編輯的注意。讀者林貴眞喜歡隱地的文章，忍不住寫信給他，最後成了他的老婆。警備二處的一位處長，則因爲欣賞隱地的文章，想辦法將他調去當新聞官，編輯《警備通訊》和

《青溪雜誌》兩份刊物。

隱地一生中的貴人很多，像梅遜、林海音、琦君、齊邦媛、王鼎鈞等，其中值得一提的便是王鼎鈞。當時王鼎鈞是中國時報副刊主任，他經常用隱地的文章，還以專欄介紹這位年輕作家，後來再加上文壇名作家、編輯林海音女士的幫助，使得隱地日後從一名出色作家變成知名的出版人。

王鼎鈞和琦君兩大暢銷作家的書，幾乎都在隱地的爾雅出版社出版，其中王鼎鈞《開放的人生》一書，更爲爾雅出版社奠定聲譽和經濟的基礎。這些年來，隱地爲世人出版數百種好書，許許多多的人都曾深深被這些充滿智慧、眞誠的書籍所影響。隱地童年的餓，不但餓出他精采的人生，也餓出他對文學的渴求和推廣。

（徐正雄）

雖然隱地從小看盡人間冷暖，嘗盡貧窮的滋味，卻始終對人寬容，不曾抱怨人生。窮了那麼久的隱地，有一次從哥哥那裡得到一筆足以買房子的錢，你猜，隱地怎麼用那筆錢？

就拿去買房子吧！他不是沒有地方住嗎？

隱地把那筆錢當做旅費，出國到歐洲十幾個國家見識見識。

他的想法果然不一樣！

很少人會像隱地那樣把全部的錢拿去做一種心靈的投資。人的一生之所以會不同，完全取決於年輕時的一念之間。有時候我們感嘆自己生不逢時，覺得老天沒有給我們機會，以至於人生毫無成就，卻沒注意到自己的心胸是否夠開闊、眼界是否夠寬廣！

藏傳佛法的年輕號手

蔣揚仁欽勇敢走自己的路

一位高中學生寫信給蔣揚仁欽，提到他聽了蔣揚仁欽的演講後，心靈產生的變化，尤其是那一句「煩惱來自太重自己」非常受用，讓他的人生風景頓時豁然開朗起來。蔣揚仁欽究竟是何許人呢？

乍看名字，也許會以爲蔣揚仁欽是一位年紀很大的長者，其實，他今年不過二十八歲，但是他的智慧卻已經成長到我們無法想像的年紀。

一九七七年出生於台北市，本名黃春元的蔣揚，除了在出生的那一刻哭過之外，就再也沒哭過了。蔣揚自小便異常冷靜，而且非常喜愛頌唸佛經。五歲的時候，蔣揚的父母發現他很喜愛畫畫，不但畫的盡是佛像，而且都是背後有光的那一種，此後，小小年紀的蔣揚便常常問父母「緣起性空」這類超齡的問題。

十二歲那年，高僧妙蓮老和尚來台，蔣揚特地去向他請教。蔣揚一連問了許多問題，包括「無情能否成佛」，老和尚對於眼前這位小朋友感到很驚訝，又很高興，蔣揚無疑是佛教未來的一棵大樹，相信以後一定可以為許多生命庇護。

蔣揚的父母本身也是虔誠的佛教徒，當他們看到蔣揚身心不斷向佛教茁壯延伸後，決定送他到印度的辯經學院，讓蔣揚有更好的學習成長環境。一九九一年，蔣揚才十三歲，便離開家人到遙遠的印度鄉下求學。那時候辯經學院很窮，連教室也沒有，只好在佛堂裡上課，但是連佛堂也破舊不堪，每當外頭下雨，佛堂裡也跟著下雨，但是這些困難並不妨礙蔣揚修行，反而使他更堅強。

除了讀經辯道之外，學院的學生也必須勞動，做一些搬運砂石之類的苦工，雖然達賴喇嘛曾特別關照蔣揚，叫他不需參與勞動，但是蔣揚仍然和大家一起做，蔣揚覺得這是融入團體和修行最好的方法。在這個貧窮且學員複雜的學校，為了和大家和平相處，蔣揚花了很多心思，但仍不免在人際關係上受到一些挫折，儘管蔣揚早熟冷靜，十幾歲的他依然感到難過。

一九九三年，蔣揚十六歲了，那年達賴喇嘛要爲一群台灣佛教徒說法，需要找一個精通藏語和國語的翻譯人員，蔣揚因此變成佛法與台灣民眾的橋樑。三年後達賴喇嘛到洛杉磯和台灣說法，引起廣大民眾的注意，當時蔣揚隨行充當翻譯，大家看到年輕的蔣揚，對他流利的國語和親切的笑容感到法喜充滿，蔣揚說話的節奏輕快、爽朗，且經常以開懷笑聲當逗點，十幾歲的蔣揚，不知他的眞誠和笑容就是最好的傳教法門。

一個從台灣隨風飄送到印度的善種，在印度貧瘠的土地上落地生根，水土不服沒讓他枯萎，反而使他更茁壯，且開了滿樹的善花，結了滿樹的善果，再隨風飄回台灣。

（徐正雄）

這是一個對生命感到疑惑的高中女學生說的：「第一次看到蔣揚是在書店的架子上，書的封面正是蔣揚微笑的臉龐，看到蔣揚的笑，如同看到一個出生嬰兒的笑，不帶一點人世間的味道，彷佛天上飄下來的一朵蓮花，心頓時跟著潔淨起來。」

別人就像我們的一面鏡子，他反射我們內心的想法，我們也反射給他。我在鏡子裡看到一朵蓮花，以爲鏡子裡的蓮花就是我，因此我也變成蓮花。反過來，如果我從別人身上看到一把刀，那我心裡大概會開始有嗜血的念頭。

所以我們應該多看看美好的事物，結交善良的朋友。

遇到誤入歧途的人，更應該保持自己行爲端正，不能讓他從我們身上看到壞的事物，否則只會讓兩個人的情況都變糟！

很羨慕蔣揚從小便認清自己人生的方向。

其實就像蔣揚說的：「煩惱來自太重自己。」如果我們不把自己的成敗看得太重，設定好目標就堅定的走下去，或許人生的一切就會變得容易很多哦！

守護山的靈魂

黃美秀逐黑熊而居

遇到熊的時候，應該躺在地上裝死，還是爬到樹上躲起來？

不必擔心！這不是一個很實用的問題，因爲現在想在台灣的野外看到熊，可不是件容易的事！而且，台灣黑熊早已瀕臨絕種了。

關於台灣黑熊的事，你問黃美秀就知道。人稱「黑熊媽媽」的黃美秀，曾在台灣的深山裡追蹤黑熊，花了三年的時間，捉過十五隻黑熊。她憑著種種的蛛絲馬跡——黑熊的糞便、爪痕等，推測出台灣黑熊的生活習性。

黃美秀成長於嘉義的鄉下，個性活潑好動，喜歡爬山、游泳、打籃球，也對大自然充滿了好奇心，她在大學和研究所都是唸生物，畢業後還到美國攻讀博士。會和熊結緣，可以說是一個偶然。

在黃美秀唸的研究所裡，有個知名的卡斯列斯教授，許多學生都想找他指導，黃美秀也是。但卡斯列斯教授只收研究熊的學生，因爲他本身就是研究熊的權威。

「研究熊？」黃美秀從沒想過要研究熊這樣的大型動物，而且她本來計畫回台灣做論文，研究台灣的生物。如果眞的要研究熊，就得以台灣黑熊爲對象，在當時根本沒人針對台灣黑熊做過有系統的調查，而且也已經瀕臨絕種，到底還剩下幾隻可以研究呢？想到這些困難，黃美秀不禁猶豫起來。她去請教她以前的老師李玲玲，老師卻要她自己評估。

「台灣黑熊的數量本來就很少，文獻資料更少，要是到時候一隻熊也沒找到，我想還是可以根據其他的資料寫出論文，還是可以畢業。」黃美秀說。「如果最差的情況都可以接受的話，就沒有什麼不能做的。」李老師鼓勵她去做。

遇到障礙，如果馬上躲開，實在說不過去，何況黃美秀並不是害怕困難的人，經過深思熟慮，她決定和台灣黑熊結緣了。她先做探勘，也申請到玉山國家公園管理處的研究經費與人力支援，隔年就展開「追熊」任務。

追熊的任務是由黑熊小組進行，成員包括黃美秀、保育巡查員及一名研究助理。每次到山裡去，他們都會停留半個月到兩個月之久，而一年有大半時間都在山裡活動。他們背著沉重的研究裝備，翻山越嶺，走個三、四天才會到達研究站。

不過，黑熊數量那麼少，性情又機警，一發現有人，早就躲得遠遠的，要找熊談何容易？黃美秀向布農族人打聽，得知在玉山國家公園東南的大分地區會有熊出現，於是就以大分爲據點，設立研究站。雖然不容易看到黑熊的「本尊」，她還是可以從黑熊留下的糞便、爪痕等，判斷有熊出沒。

爲了獲取更直接的資料，她開始設陷阱捉熊。把捉到的熊麻醉後，進行採樣和檢查，並在熊的身上裝設無線電發報器。發報器會發出無線電波，當黑熊回到山林後，黃美秀就可以憑著發報器的電波追蹤熊的去向，進一步推測牠的生活習性。

由於研究得法，運氣也不錯，黃美秀第一年就捕到六隻黑熊，對台灣黑熊的認識也就這樣一點一滴的累積了。黃美秀發現，過去一般人對熊的印象並不正確，例如台灣黑熊其實不會冬眠，而且會在地上做窩，也會爬樹，吃的食物更是以植物爲主，並不會主動攻擊人、吃人。

黃美秀也開始關心黑熊的生存問題。她捕到的黑熊常常已經斷掌或斷趾，這些都是被獵人的捕獸夾所傷的。她還發現黑熊的活動範圍很大，山林開發卻威脅到牠們的棲息地，如果只是設立小範圍的保護區，並不足以減輕人類活動對牠們的威脅。

「如果沒有熊，山就失去靈魂了。」她呼籲大家認識黑熊，也給牠們生存的空間。

（李美綾）

山裡雖然好玩，但是要待在那裡這麼久，豈不是很無聊？

做研究本來就是一件滿寂寞的事，加上黑熊數量又很少，黃美秀追熊三年，總共只捉過十五隻黑熊，大部分的時間都看不見熊！她曾打趣說，在美國阿拉斯加的國家公園裡，一星期看到的黑熊就有十五隻呢！

黃美秀爲了記錄黑熊的作息，曾經三天三夜沒睡覺，在深山裡追蹤黑熊，要是沒有興趣和毅力，大概早就放棄了。

真不容易，就為了寫一篇博士論文，值得嗎？

既然決定去做，就全力以赴，相信黃美秀不管研究黑熊還是其他動物，都是那麼拚命，也只有這樣的人，才能完成一般人看似不可能的任務。

陳維壽 談興趣

我本以為那是會動的花

（李美綾）

陳維壽，民國二十年生，國立中興大學植病系昆蟲組畢業，曾任台北市高級農業職校教師、台北市成功高中教師、台灣省立博物館研究員。小時候因目睹蝴蝶蛹化過程，深受震撼，自此燃起追逐蝴蝶的熱情。曾參與蘭嶼珠光鳳蝶及黃蝶翠谷生態系復育計畫，民國六十年創設成功高中昆蟲博物館，推廣蝴蝶的生態保育。

圖片提供／陳維壽

您是在什麼機緣下開始對蝴蝶產生興趣？

小孩子對新奇的事物很容易感興趣，許多大人覺得不值一提的，只要在童年時發生想不到的意外，就會產生興趣。

將近七十年前，我家住在市街上，我很少跟其他小朋友接觸，所以剛進幼稚園時，十分害羞，不喜歡上學。我媽媽只好每天帶我去上學，待一下子再偷偷溜走。

記得有一天，媽媽沒有陪我就溜走了。當時時間還早，小朋友還沒有到齊，我覺得害羞，就躲到院子角落的小灌木後面，呆呆的坐在那裡。那時抬頭一看，看到樹枝上有鮮綠色的花蕾，就伸手去摸，發現它居然會動！

當時我以爲那是會動的花蕾，所以期盼它有一天能開出會動的花，從此，我每天吵著要提早去學校，每天躲在小灌木後面看花。過了幾天，花裂開了，跑出一隻很難看的小蟲子。我很失望，撿起小石子，想把牠打下來，但奇妙的事情發生了──牠停在那裡，不斷擺動翅膀，幾分鐘後，又小又醜又難看的翅膀，就像扇子一樣打開，變成一隻很漂亮的蝴蝶！

原來我看到的是蝴蝶的蛹羽化爲成蟲的經過。我覺得非常奇妙，伸手想摸牠，牠卻展開翅膀飛向天空，像在空中自在飛舞的花朵。

蒐集及研究蝴蝶這麼多年，有誰對您影響最深？

在我小時候，台灣是名副其實的蝴蝶王國，到處都可以看到蝴蝶。我小學的自然老師看我常常追逐蝴蝶，就教我怎麼捕捉蝴蝶、製作蝴蝶標本，所以我從小學就開始蒐集蝴蝶。上了初中，日籍生物老師又教我怎麼飼養蝴蝶，幫我打下研究蝴蝶的基礎。上了高中以後，我才自行發展。

我看過很多小孩子對自然有興趣，但是他的追求在自己的能力範圍內遲早會到達瓶頸，這時就需要師長幫助他突破瓶頸，不然興趣就會走下坡，然後中斷。我想如果不是小學老師教我捉蝴蝶、做標本，初中老師教我飼養及研究蝴蝶的基本觀念，我的興趣就會中斷。

高中之後，您如何繼續發展自己的興趣？

我從高中時就開始跟日本的蝴蝶專家聯繫，他鼓勵我寫報告發表，當文章第一次在日本發表後，我覺得很有信心、很滿足。後來我考上師大生物系及台中農學院（後來的中興大學農學院）的植病系昆蟲組，我覺得雖然唸師大以後可以當老師，但是去台中唸書的話，採集蝴蝶較爲方便，所以就去唸台中農學院。

因爲當時未紀錄種的發表很受重視，我大學時主要追求的就是新的未紀錄種（新種、新的亞種、台灣從未有紀錄的種類、新的異常型或陰陽蝶），希望有機會在學術刊物發表，另外我也主動和國際單位（例如鱗翅目協會）聯繫，那時才發現世界上的昆蟲是這麼多，眞是大開眼界。

於是我開始蒐集世界各地的昆蟲。當時很少有人買賣昆蟲標本，而是用交換的。由於在那個時候，台灣蝴蝶加工業剛好是全盛期，我得以用很低的價錢買到國外需要的台灣蝴蝶，再換取我要的。

我也替國際單位提供服務，藉以換取昆蟲標本，例如曾有一位英國生物學家找我收集大琉璃牛虻在台灣的分布資料，我花了一年時間追逐，寫出幾頁的報告，最後換來一隻亞歷山大鳳蝶的標本，這種鳳蝶極爲珍貴，目前各國都已禁止買賣、進出口了。

您在台灣各地尋覓蝴蝶，印象最深刻的是哪一次？

在野外追逐蝴蝶，有幾次發生意外，例如二十五年前，我去馬拉巴（現在的南投縣仁愛鄉力行村）追逐台灣的國蝶——寬尾鳳蝶，花錢請原住民帶我在那個地區尋找，找了幾天都沒找到。有一天，我意外看到一種綠色的蛺蝶，覺得好像是沒見過的種類，便一直追，沒想到卻迷路了。

雖然那時是夏天，但海拔有兩千公尺，到了晚上還是很冷。我採了寬大的姑婆芋葉，塞在衣服裡保暖，不知道是太累了睡著，還是太冷了暈過去。

結果我雇用的那個原住民發現我沒有回去他家住，隔天一早就發動村民來找我。我回到他家休養，同時要他去幫我找那種蛺蝶。找了好幾天，終於找到了，命名爲「馬拉巴綠蛺蝶」，這是我發現的新種蝴蝶。

你喜歡做什麼？

真的是這樣嗎？讓我做個實驗……

哇，好新奇！這是怎麼來的？

做模型比較有趣，可不可以不要做功課？

遇上高手了！我要多多跟他請教！

別人愛打籃球，我卻喜歡做蛋糕……

只要持之以恆的學習，我也會變成專家！

本來以為學藝股長一定是我，沒想到……

試管裡的天空

勇敢探索，放心追夢

已經不是第一次發生這種事了！

瞧，這個燒杯又缺了一角，學期才剛開始不久，整盒磁鐵就拼湊不出原來的樣子了。「現在的孩子真是一個比一個頑皮啊！」我望著實驗教室中這些缺胳膊、斷腿的器材，只能無奈的笑著。

每次上自然課，總是千叮萬囑的要小朋友愛惜實驗器具，小心自己的安全，可是這些苦口婆心的叮嚀就像耳邊風，這裡進、那裡出，我決定還是得找到那個「破壞公物」的兇手。

看著手上這張高年級各班上自然課的班表，答案出現了！就是六班那個活潑好動的小男生——阿風。

每次逢到他們班上自然課，一定會有實驗器材遭殃。這個阿風上學期做

密度實驗時，只不過要他將石頭放進水箱測量密度，他連便當盒、球鞋，還有同學的眼鏡都扔進水裡了！弄得整個實驗室的男生大叫、女生跳腳。責備他幾句，阿風還振振有詞的回答：「老師，您不是說過，我們做實驗要有追根究底的精神嗎？除了石頭，我也想知道其他東西的密度啊！」

阿風理直氣壯的神情，讓我覺得他眞是個很特別的孩子，從小就很特別。以前阿風還是低年級時，聽說用酒精燈做爆米花實驗，大家都只顧著搶香噴噴的爆米花吃，只有阿風跑去問老師：「老師，可不可以用紅豆或綠豆來爆看看？我們這樣實驗有什麼用處啊？」

當阿風的低年級導師向我轉述這些事時，我的腦海中閃過英國科學家法拉第，在他做完電磁感應演講之後，曾有位尊貴的婦人問他，講解這些理論有什麼用？法拉第不慌不忙的回答：「夫人，請問您能預言剛生下來的小孩有什麼用嗎？」

正如法拉第所說，誰能預言阿風「異於常人」的表現只是在搞破壞？或許他有可能是未來的科學天才也說不定。

這時，阿風宏亮的聲音在實驗教室門口響起了！

「老師，您找我嗎？」他看起來一副搞不清楚狀況的樣子。

「阿風，你上一節自然課爲什麼把試管弄破了？」我盡量讓自己的語氣保持平和。

「呃，嗯……老師，對不起。我只是想讓試管中的溶液能夠再加熱久一點，看看會有什麼不同的變化，只是沒想到，又破了！」這下子，阿風面露驚慌，他大概心想這次鐵定要被處罰了。

「又破了？你也知道這不是第一次了。老師知道，你對做實驗很感興趣，但你應該遵守實驗的程序和方法。當你過度加熱時，除了玻璃會碎裂、造成危險，試管中的化學溶液也可能污染到你或其他同學的身體，你有想過那可怕的後果嗎？」

「我……我沒有想到這麼多，以後我一定會更加小心的。可是，老師，您不是也說過，我們可以在實驗的過程中追求眞相、追求答案嗎？」

想起阿風專注的看著試管中溶液冒著泡泡的神情，我心中不禁浮現著一個小小科學家的身影。

（凌明玉）

阿風對科學非常感興趣，但是他膽大、心卻不細，疏忽了實驗過程中的細節。你一定知道牙膏中含有「氟」的成分，在氟被發現以前，許多科學家都有很恐怖的中毒經驗，甚至有人在研究氟的過程中失去了生命。

這麼說，當科學家不就很危險？愛迪生在發明電燈以前，不是經歷了許多次的失敗嗎？那他不就渾身是傷了！

不只是實驗和發明，任何一種工作都可能存在著看不見的危險，所以必須大膽假設、小心求證。

阿風對變化萬千的科學現象感到著迷，也能勇於提出疑問，並從中得到樂趣。如果你喜歡科學，也要保有追求眞相的熱情，未來的世界還在等待著你的「新發明」呢！

我愛好奇寶寶

以新鮮之眼看世界

秋鈴是我最好的朋友，但也是最令我頭痛的「好奇寶寶」，因爲她超愛問「爲什麼」的，不管碰到什麼人，不管去什麼地方，她總是可以隨口提出一大堆問題來問人。

「老闆，你種的花爲什麼這麼漂亮？」

「老闆，你怎麼想到在這裡蓋房子？」

秋鈴永遠有問不完的問題，有時候聽她問些不用大腦的問題，我眞恨不得有個地洞可以鑽進去。可是，自從發生了一件事之後，我眞高興有這麼一個愛問問題的好朋友，事情是這樣的：

那一天，我們約好去吃越南菜，點完菜後，秋鈴又發揮她的好奇寶寶精神，開始發問了。

「先生，請問……」

我不等她把問題講完，就以上廁所爲理由開溜了。

「哇，終於結束了，謝天謝地。」我從廁所探出頭來看，發現餐桌邊只剩秋鈴一人，這才放心的走了出來。回到座位，看到桌上已有一盤熱騰騰的炸蝦在等我了。

可怕的事情就要發生了。我吃了兩尾蝦子後，覺得口很渴，於是順手拿起前面一碗「清湯」想要喝。當我把碗拿到嘴邊時，不經意瞄到站在櫃台的服務生正張著嘴、瞪大了眼看著我，好像我是什麼怪物似的。我也沒多想，只顧著把碗繼續往嘴裡送，就在這時候，我的耳邊響起秋鈴可怕的叫嚷：

「小玲子，那不是用來喝的，是洗手用的！」

「什麼？洗手用水？」我腦海裡充滿了不相信的問號，更希望這是個玩笑。我做了一個深呼吸，停頓了三秒鐘才開口說話：「妳……確定這是用來洗手的嗎？不會騙我吧！」

其實不用等秋鈴回答，我已經知道答案了，因爲我想起了剛剛服務生的怪異表情。

「當然不騙妳！剛剛菜送來的時候我就問過了。因爲吃蝦子會沾得滿手都是腥味，這碗檸檬水就是讓我們去除手上腥味的。」

「原來如此。秋鈴，謝謝妳提醒我，不然這將會是我這輩子最糗的一件事了。不過，妳怎麼想到要問這碗水呢？」

「妳忘了，我可是好奇寶寶呀，我對任何事情都很好奇，也都想要追根究底嘛！」

「好，我以後一定要學習妳這種好奇的精神。」

「這可是妳說的，那妳以後不可以嫌我愛問問題嘍！」

（吳梅東）

真的好糗哦！怎麼把洗手的水當成湯喝下去。

要是眞的喝下去，身體也不會怎麼樣，不過這是一種飲食文化和習俗，能夠知道和遵守總是好的，這也是入境隨俗的道理。

我知道了，以後我們到不熟悉的地方，遇到不了解的事情，一定要多問，才不會犯了錯誤還不知道。

其實不僅是對陌生的東西要多發問，就連平常熟悉的事物，也應該抱持好奇和懷疑的態度。

怎麼說呢？

大部分的人看到天空是藍的，海水也是藍的，都認爲這是理所當然，但是如果舀一瓢海水來看，就會發現海水是透明的。許多我們習以爲常、認爲是理所當然的事，其實背後都有一番道理，只是我們從來沒有搞清楚。幸好人類天生就有好奇心，科學家更是特別具有這樣的精神，所以人類文明才能不斷的進展。

你是說，愛問問題是人類的天性？

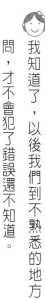

當然，人類是所有動物中唯一懂得發問的生物，所以才說人是萬物之靈。人類天生就愛問爲什麼，根據心理學家的研究，三到五歲的小孩子對週遭的事情有強烈的好奇心，最愛問爲什麼，只是人長大後，對許多事情習以爲常了，便逐漸失去這份好奇心。有人會一直保有這種精神，像義大利的科學家伽利略，十八歲那年，突然對天主教堂裡一盞擺動的燭火產生好奇，他再三觀察和思考，終於找出單擺振動的定律。

伽利略真了不起，要是換成我，看久了可能就睡著了！

小裕的模型世界

享受嗜好不沉迷

小裕的表哥東東很會做模型，不管多麼複雜的航空母艦、坦克車、戰機等，全都難不倒他。小裕每次到表哥家，看他又做好新的模型，而且一次比一次複雜、一件比一件困難，眞的好羨慕！眞希望自己也能像表哥一樣，成爲模型高手。

「媽，我也想做模型！」小裕好幾次向媽媽央求。

媽媽考慮了幾天，覺得做模型可以培養耐心和觀察力，而且表哥東東的成績一向名列前茅，可見做模型不會影響功課，便答應了。

「不過你得用自己的零用錢買模型材料，而且不能影響功課哦！」媽媽向小裕強調。

「是，遵命！」小裕興沖沖的將撲滿打開，數一數大約有三百元，再加上年初存在郵局的壓歲錢，足夠買好幾組模型材料了！

於是小裕把錢全部領出來，一口氣買了十組模型，每天放學回家，就衝進房間做模型，直到媽媽叫他吃飯，才應付似的出來扒兩口，然後又一頭栽進他的模型世界裡。

原本媽媽不以爲意，以爲小裕對模型的熱度頂多維持兩、三天，不久就會恢復正常。沒想到，小裕愈來愈入迷，不僅吃飯時要三催四請，晚上還常常做到兩、三點才肯睡。更糟糕的是，學校老師已經打電話來提醒媽媽，小裕上課時都在偷偷做模型。

再這樣下去，不要說耽誤功課，連健康也會賠掉。媽媽勸了小裕幾次，但他總聽不進去。媽媽想到表哥東東，就打電話問他該怎麼辦。東東聽說小裕做模型上了癮，深有同感的哈哈大笑，一口答應要來看他。

「表哥你來了，快到我房間來看！」正在做模型的小裕，一見到表哥便忍不住展示成果，希望得到他的讚美。「這些都是我做的哦！」

「小裕你做得很好，進步得很快喲！」表哥由衷的稱讚著。

「是啊！我一做模型，就停不下來呢！」小裕說。

「不過眞可惜，我看你不可能再進步了。」東東一臉認眞的說。

「爲什麼？」小裕驚訝的問。

「你眼圈這麼黑，一定常常熬夜，腦袋變得不靈光，怎麼做模型？學校功課沒做好對不對？等成績落後，姨媽一定會送你去補習，到時候就沒空做模型了。」表哥繼續說：「你自己想，這樣下去，有可能進步嗎？」

「說得也對。」小裕從來沒想過這些問題。

「我以前跟你一樣，每天做模型做到深夜。有一次騎車去補習，因爲精神不好，遇到坑洞來不及閃，摔了一跤，手臂骨折，整整一個月才復原。這段時間別說做模型了，連作業都沒辦法寫。」

沒想到表哥發生過這樣的意外，小裕都不知道。

表哥繼續說：「後來我給自己訂了三個規則，就是先做完功課再做模型、不熬夜、不把模型帶去學校做。你看，我現在不是把模型做得很好，又不會影響功課嗎？很多同學都羨慕我呢！」

幸好有表哥的指點，小裕恍然大悟：「表哥，謝謝你提醒我，我要向你看齊！」

（吳立萍）

做事不是都要專心嗎？專心做模型有什麼不對？

做模型是一項很好的嗜好，但畢竟只是生活的一部分，生活中還有課業、工作、家庭等要兼顧，如果因爲做模型而影響了生活，甚至打亂了正常作息，那就失去怡情養性的意義了。

班上有個同學喜歡集郵，常常帶來學校給我們看。

從事自己有興趣的活動，會感覺很快樂，有時也會想和其他人分享，不過要注意，要是把嗜好拿來向人炫耀，或跟別人比較、競爭，就不是培養嗜好的原意了！

當昆蟲王遇上小小昆蟲王

良師益友讓人生視野更開闊

達達媽媽：

您好，今天達達在學校把一隻毛毛蟲放在隔壁同學的桌上，結果小女生因爲太害怕而從椅子上跌下來，腿有點擦傷。雖然達達已經向同學道歉，但達達還繼續將毛毛蟲放在抽屜中，造成班上秩序大亂，還請媽媽多協助開導達達。謝謝！

班導林老師

「完蛋了！要是媽媽看到老師寫在家庭聯絡簿上的這些話，一定會氣得抓狂。我得先想想該如何向媽媽解釋再回家吧！」達達蹲在社區公園的一角，一邊輕輕撥著螞蟻的巢穴，一邊想著等會兒要挨罵的事。昨天才發現的這個螞蟻巢，好像又大了一點了。

正當達達專心的注視著螞蟻第一層的結構，幾隻忙碌的工蟻發現了不速之客，開始慌張的東奔西走，果然是螞蟻王國中盡職的守門人。

「達達，不要打擾牠們了，弄壞螞蟻家的大門，小心被反咬一口哦！」

聽到這個慈祥的聲音，達達馬上轉過頭來，因爲社區中的林爺爺是達達的好朋友，而且是「研究昆蟲」的好朋友呢！

「怎麼啦？放學怎麼不先回家，你看，書包都還背在身上？」林爺爺摸摸達達的頭說。

達達只好將事情的來龍去脈告訴林爺爺。當他聽完今天學校的「毛毛蟲事件」，不禁呵呵的笑了起來，然後說：「達達，雖然你只是好意想讓那個小女生看看鳳蝶的小寶寶，可是你眞的嚇壞人家了！難怪她要尖叫啊！」

「那隻毛毛蟲根本不算什麼！我的房間裡還有兩大盒正在孵化的蠶寶寶，空水族箱中還養了幾隻鍬形蟲。前天我們去陽明山戶外教學時，我還抓了幾十隻蚱蜢，我是用一個戳了很多氣孔的空寶特瓶裝的哦！」

「呵呵，達達你不能要求每個人都和你一樣。你有強烈的好奇心和觀察力，是個『小小昆蟲王』啊！」

林爺爺突然稱讚達達，眞讓達達覺得不好意思，其實他才佩服林爺爺呢！

「我才沒那麼厲害呢！我媽媽說林爺爺是生物系退休的教授，學問好，您才是我心目中貨眞價實的『昆蟲王』！」

林爺爺摸摸鬍子，笑著說：「哈哈……是這樣啊！那麼你告訴林爺爺，你爲什麼非要把昆蟲抓起來養呢？你不覺得昆蟲被關在狹小的空間，很可憐嗎？而且這樣也會縮短牠們的生命。」

其實達達也知道昆蟲的生命會縮短，但他就是想擁有那美麗的昆蟲，然後慢慢的觀察牠，只不過最後昆蟲眞的很快就死了。

這時，林爺爺蹲下來看著蟻穴說：「達達你看，昨天我們發現的這個螞蟻王國不是很壯觀嗎？今天再來看的時候，我們發現這個王國又強大了一些。如果你昨天把那隻蟻后帶回家養，這個王國馬上就會亂成一團了！」

「哦！林爺爺，我懂了。這樣我就能做昆蟲的觀察日記，又不會成爲讓昆蟲害怕的『劊子手』了。最重要的是，媽媽不會再說我把房間搞得像亞馬遜叢林了。」達達很高興的回答。

「那你就放心的回家吧！好好向媽媽解釋今天發生的事。以後林爺爺有空，再來教你做一個『有品味』的劊子手。」

「什麼？」達達有點不敢相信自己的耳朵。

「我是說，以後再教你做昆蟲標本啦！」

（凌明玉）

如果你喜歡觀察生物，當你發現週遭有相同興趣的長輩或朋友，不妨多和他們討論，互相交流也能開闊彼此的視野啊！例如法國著名的昆蟲學家法布爾，就常和愛好研究昆蟲的朋友結伴去森林、野地親近昆蟲呢！

我很喜歡故事中的林爺爺，如果我有這樣的長輩，一定會變得很厲害！

其實大自然也是人類的好朋友，親近大自然，就可以學到很多！

落寞的仁光

興趣需要點滴累積

一年一度的校慶即將來臨，全校師生為了籌備活動，忙得不亦樂乎。每年的校慶活動都很豐富。今年除了運動會、藝能競賽外，還有各社團提供的表演節目，幾乎全校師生都參與了展覽、表演或競賽。

校慶進入倒數計時，每個社團都在緊鑼密鼓的準備，大家卯足了勁，利用最後幾天的下課和放學時間加強練習，以便在校慶有好的表現。

我參加的是國樂社。小時候常聽爺爺播放國樂錄音帶，優雅的絲竹之聲深深的吸引我，因此我從小學開始就參加了學校的國樂社，並且主攻南胡。上了國中後，雖然有更多的社團可以選擇，但我仍然選擇國樂社，而且繼續練南胡。

我們國樂社裡有很多高手，尤其是擔任首席的那幾個人，都是從小就開

始學習國樂，再加上不間斷的努力，所以他們參加個人比賽時都能脫穎而出，例如彈古箏的陳西華、彈琵琶的林玫芬、吹笛子的張國傑等，都是校際比賽的常勝軍。

校慶的前一個星期六是校慶音樂會，我們國樂社演奏的曲目有《將軍令》及《春江花月夜》，都是經典名曲，難度很高。經過我們認眞演練，當天演奏完畢全場掌聲不絕，我們都覺得很有成就感。

就在大夥兒爲校慶忙碌之際，平時活躍好動的仁光卻好像沒事可做，一副悶悶不樂的樣子，原來他參加的籃球社，在選拔校慶表演賽隊員時，他沒有入選。

籃球社有四十多名社員，爲了舉辦校慶表演賽，規定要分成四組互相對抗，由獲勝者代表出賽。在校慶表演賽中表現傑出的人，不但會成爲校園裡的風雲人物，還有機會被選入籃球校隊，代表學校南征北討，這是籃球社裡每個社員夢寐以求的事。

仁光是這學期才加入籃球社的，他上學期參加的是排球社，更早之前是羽球社。他對球類運動很有興趣，每次學期一開始，必定吆喝大家跟他一起去參加新社團。可是進了社團之後，仁光很少參加練習，雖然掛著「籃球社社員」的名，球技卻始終只是半吊子，程度和其他社員差距愈來愈大。漸漸的，興趣消退了，仁光也就忘記當初爲什麼要加入這個社團，所以每個學期換社團對仁光來說也不是什麼新鮮事。

這也難怪教練沒選仁光當表演賽的隊員，他的球技怎能和苦練多時的隊員相提並論呢？仁光可要好好的想一想了。

（吳嘉玲）

我們班上也有同學常常換社團。他們對很多事都好奇，也感興趣，可是說到要花精神和時間學習，他們就覺得沒趣了。

像這樣東看西瞧、穩定不下來的人，因爲不能專一，很容易半途而廢，而且往往只能接觸到事物的表面，沒有機會深入的認識、學習，更無法累積經驗。

可是我也聽說過，興趣廣泛一點比較有意思？

保持對事物的好奇心是很重要，但最好同時兼顧廣度和深度。找到自己的興趣後，選擇其中一、兩種培養爲專長，持之以恆的學習和練習，時間久了，相關的知識和經驗愈來愈豐富，興趣也更濃厚，到時不但可以成爲「專家」，成就感也很大哦！

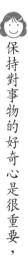

小點心，大天地

愛己所選，何必隨波逐流

我的大表姊，也就是我姑姑的大女兒，幾年前在市區最熱鬧的街上，開了一家西點麵包店，生意非常好。每天三次麵包出爐時間還不到，店門口就已經有客人大排長龍，等候香噴噴的出爐麵包，唯恐來晚了就會撲個空。大表姊店裡的點心和蛋糕也很美味，若不預先訂購，也不一定買得到。

說到我的大表姊，不得不佩服她的勇氣和毅力。記得十多年前，姑姑到我們家和爸爸聊天，常跟爸爸抱怨大表姊不認眞唸書，只喜歡在廚房做些吃的。當時姑姑對大表姊很失望，也擔心她未來的出路。

大表姊上國中時，有一次家政課老師教大家做餅乾，大表姊做得很成功，從此她對製作西點麵包有了濃厚的興趣。她把自己的零用錢拿去買食譜、材料和製作蛋糕的器具。放假的時候，她哪兒都不去，就是喜歡窩在廚

房裡做麵包或蛋糕，與熱烘烘的烤箱為伍。姑姑每次說到大表姊不喜歡讀書，卻愛研究麵包和蛋糕，就顯出一臉無奈的表情。

那一段時間，姑姑每次來我們家，總會順便帶一些大表姊試做失敗的西點，拜託我們幫忙吃。姑姑說，大表姊做的試驗品成功的少，失敗的多。這些成品有的火候不對，有的口感不佳，有的油太多，有的沒發酵，有的形狀不整……姑姑不好意思拿去送人，自己家又吃不完，丟了很可惜，只好請親戚幫忙解決。

我們品嘗大表姊做的西點，雖然還不至於難以下嚥，卻覺得遠不如店裡賣的好吃。店裡賣的西點麵包既便宜，色香味也俱佳，眞不懂大表姊為什麼喜歡自己動手做，花那麼多時間，汗流浹背的耗在廚房裡和麵、發麵、打蛋、烘烤呢？

大表姊國中畢業時，不想讀普通的高中，她立志要做專業的烘焙師傅，所以瞞著父母，偷偷的報考一所設有烘焙科的職業學校。姑姑本來很不諒解，還好姑丈很支持，他認為只要是正當的興趣，長期努力就會有成績，不見得要和大家走一樣的路。

表姊進了職業學校，專心學習烘焙技術，由於她對這方面興趣特別濃厚，無時無刻不在潛心研究，並且虛心接受老師的指導，再加上她別出心裁的創意，因此手藝突飛猛進。爲了觀摩別人的優點，表姊更積極參加校內和校外的烘焙比賽，也都獲得好名次。快畢業時，她參加了國際蛋糕製作大賽，得到大獎。

因爲大表姊成績優異，畢業後便進入一家知名飯店的烘焙坊工作，邊做邊學，充實更多的技能和經驗。她在烘焙坊做了五年之後，存了一筆錢，就自己開了一家西點麵包店。

如今，要吃到大表姊做的西點可不容易了。除非前一天打電話向她「預訂」，不然就得等到家裡有人生日時，我親愛的大表姊便會親手做個精美的生日蛋糕送給壽星。

（吳嘉玲）

這位大表姊喜歡做麵包和西點，她的媽媽為什麼要反對？

有些父母認爲學歷很重要，因爲一般來說，有較高的學歷，比較容易找到好工作。這位媽媽希望孩子多唸點書，看孩子那麼喜歡做西點，就覺得好擔心。

雖然讀書很重要，但是也可以多多發展自己的興趣，像這位表姊很有毅力，幾乎全心全力的投入做烘焙，而且以開西點麵包店爲目標，這樣的志向可不小哦！

我希望將來親朋好友都能支持我，做我想做的事。

這位表姊做到了「選其所愛，愛其所選」。她不在乎別人的反對，努力突破困難，一步一步實現自己的理想，這樣的毅力讓人佩服。

就算我們的興趣不受肯定，也不必否定自己。只要我們重視自己的選擇，願意勇往直前，時候到了自然會開花結果。

學青蛙叫的小勇

培養自己，興趣變專長

畢業那天，同學們都聽到了青蛙的叫聲！

小勇的眼睛很小，總是斜著眼看人，第一個學期開學時，很多同學看到他的斜眼，就決定不要和他做朋友。

小勇坐在教室最後一排右方的角落，沒有同學喜歡坐在那兒，而老師也不會注意到坐在那個座位的學生。

每當老師叫小勇上台做算術題，或問他某一個成語應該怎麼唸時，同學們就迫不及待的想看到小勇猶疑的眼神，和因爲口吃而流露出的癡傻模樣。大家都把小勇當成班上的笑話，而且還有人替他取了個外號，叫做「雞眼小笨蛋」。沒有人想和他做朋友，所以也從來沒有人和他一起上學，或放學後一起回家。

記得三年級那年的清明節，劉鳳珍的媽媽做了草仔粿，送到班上請同學們吃，老師看到就順便問大家，草仔粿是用什麼草做成的？全班只有小勇知道答案是「鼠麴草」。雖然他很小聲的回答，但是老師聽到了。

從那天開始，老師就時常問小勇一些和自然有關的問題，而且還拿課外的生態書和小勇一起討論。同學們對小勇一向不關心，所以他和老師討論的話題自然也無法引起大家的好奇心。

六年的學習光陰，就在驪歌的練唱聲中接近尾聲。今年畢業生的歡送會很特別，因爲老師特別指定要小勇爲大家做一場「生態表演」。同學們都在疑惑著什麼是生態表演，但是一想到老師可能也希望看小勇出糗時，不禁有點幸災樂禍了。

終於到了歡送會那一天，生態表演開始了：小勇站在講台上，拿兩根酢漿草交錯開始比力氣，又用鬼針鋪成一幅圖畫，然後開始學青蛙叫——牛蛙、樹蛙、雨蛙、斯文豪氏赤蛙……一隻接一隻上場，大家聽了都驚訝的瞪大了眼，我們從來不知道小勇懂得這麼多！

原來，小勇對自然現象很感興趣，從一年級開始，他就每天把媽媽買給他的生物圖鑑帶在身邊，在上學和放學的途中辨認和觀察植物及小動物，連放假的時候也不例外，不斷的學習，使他對各種動、植物如數家珍。

就在畢業的這一刻，小勇終於擺脫了「雞眼小笨蛋」的外號，因爲大家再也不敢看輕他了，不但虛心向他請教，也自動給了他新的外號：「生物小博士」。

（許玉敏）

小勇好有恆心哦！

很多人都會說，我的興趣很廣泛，我會彈鋼琴、我會畫畫、我會游泳，我會這個、我會那個……但是有多少人能持之以恆呢？學鋼琴如果沒有恆心，再怎麼彈總是那幾首；學畫畫如果沒有恆心，畫得再多也是普普通通。許多人因爲新鮮感而學東學西，但是一遇到困難或挫折就很快的放棄，中斷了學習，不再進步，這樣不是很可惜嗎？

都是因為害怕困難，所以老是學不好。

把能力培養起來，就不會怕困難了！

在街上遇到問路的外國人就立刻跑開，那是因爲不敢開口說英語。

考試時看到試題大部分都不會，那是因爲功課沒有複習好。

游泳時從來都游不到對岸，必須在中途站起來休息，才能再繼續往前游，那是因爲沒有學好換氣。

有興趣的事，就要持之以恆的去做，自然會有無窮的滿足和喜悅。

小雨的獎狀

把握每個表現的機會

「各位同學，投票的結果，我們這學期的學藝股長是陳姿雨！」大家一陣掌聲。小雨是我們班的「萬年學藝」，因爲她是畫畫高手，又擅長設計壁報和海報，每學期的學藝股長都非她莫屬，班上的教室布置比賽、壁報比賽，也都少不了她。

小雨是我的好朋友，雖然我不像她有雙巧手，但是每次布置教室或製作壁報，小雨一定拉我一起做，我常陪她去文具店買材料，放學後留下來做，做完了再一起走路回家。

既然這學期小雨又當上學藝股長，布置教室的工作當然也交給她囉！開學後的第二個星期，導師就叮嚀她開始找同學幫忙，把教室布置起來。我們的教室隔壁正好是一間小會議室，導師考慮到做事方便，就向學校借來會議室，把布置要用的材料搬過去，這樣中午和彈性時間我們都可以做，不會打擾到其他的同學。

不過有一點奇怪，一向做事俐落明快的小雨，這次卻顯得有點漫不經心，常常在會議室裡帶頭和大夥兒聊天、打鬧。剛開始大家聊得很開心，但是漸漸的耽誤了進度，我們都覺得不太好。

還有，本來小雨跟大家說好要把牆壁設計成森林，所以我們買來了許多綠色的紙，等到大家分工把紙裁好了，小雨卻又改變主意，想要做成大海。這樣一來，不但材料要重新買，時間也都浪費掉了。

「放心，有我在！誰要幫忙去買紙？」小雨一臉不在乎的樣子，我們卻有點擔心。

就這樣剪剪弄弄，進度落後了，等到布置比賽前一個星期，老師看牆上的布置貼了又換，覺得不對勁。他問清了這兩個星期來我們製作的經過後，發現問題出在小雨，就把她找去。

不知道老師和小雨到底談了什麼，不過後來老師宣布將布置工作交給副學藝股長盧偉雄去辦，要小雨退出製作小組。

時間很緊迫，製作小組的幾個人每天在小會議室裡忙進忙出，小雨卻什麼事也不用幫忙了。我知道她常常在留意教室布置的情況，臉上的神情也常顯得落寞。放學後，製作小組的成員約我留下來繼續趕工，我看見小雨收拾好書包，一言不發的走出教室。她的心情我可以了解，就好像廚師沒有了廚房、將軍沒有了戰場一樣。

布置的工作終於完成了！沒有小雨領軍，成績倒也不賴，得了第三名。在週會領過獎後，盧偉雄得意的把錦旗掛在公布欄上。

上課時提到得獎的事，老師趁機對大家說明：「這次的教室布置我把陳姿雨換掉，不是因為她沒有能力，而是她沒有認眞做。不認眞做事的人，到最後會失去機會。陳姿雨，我希望妳能記取這次的教訓。」

小雨以前替班上爭取了好多次的榮譽，聽到老師這樣說她，我們都很同情她，下課後大家紛紛上前去鼓勵她。

兩個月後，學校舉辦菸害防治漫畫比賽，我們心目中的理想人選還是小雨。這次小雨接下任務，顯得非常認眞。她一整個週末都待在家裡沒出門，設計出好幾張草稿給班上的同學票選、討論，等選出後她再畫成完稿、著

色，做得既快又好，看來我們的萬年學藝恢復水準了。

比賽結果呢？不用說，小雨當然又得優勝，上台領獎狀囉！

（李美綾）

小雨可能覺得布置教室很簡單，隨便做都可以做好，反而沒有用心做。

有才華的人不一定能把事情做好，因爲他們往往仗著自己有本事，就漫不經心。對他們來說，獲得讚美太容易了，他們就不會想盡全力把事情做到最好。

後來老師要小雨退出製作小組，她一定覺得很難過。

在這個世界上，並不是每個人都有機會去做自己想做的事。就像老師說的，不認眞做事，到最後連做事的機會都沒有！這次的經驗對小雨來說非常重要，她以後一定會懂得珍惜及把握機會，好好表現自己！

拼拼湊湊花樣多

享受樂趣不花錢

幾年前，我家附近的社區活動中心，爲了鼓勵居民從事正當的休閒活動，開辦了許多才藝班，有卡拉OK、土風舞、電腦文書處理、插花及拼布藝術等。媽媽很喜歡女紅，所以報名參加了拼布藝術班。

媽媽第一天上完課回家就很興奮，因爲她覺得學拼布很有趣，可以發揮想像力和奇妙的創意。更令她高興的是，學拼布很省錢，因爲拼布老師說：拼布藝術的有趣和奇妙，就是利用做衣服剪下來的剩布、或是舊布、甚至是舊衣服拆下來的布頭。這種廢物利用的觀念，和媽媽惜福、惜物的人生觀頗爲契合。

拼布藝術班每梯次是半年，媽媽上完第一期之後，興趣更濃，一期又一期的接著學，簡直欲罷不能，當然水準也不斷提升。

親友們得知媽媽熱衷拼布藝術，熱心的把家裡的舊衣服都送來給她，有的甚至到裁縫店幫她收集剪裁剩下的零碎布，因此媽媽學拼布藝術那麼久，從來沒有自己花錢買過布。

由於媽媽拼布的材料來源多又廣，所以不論是小花布偶、小錢包，或是大的手提袋、桌布等，花色都非常生動活潑，圖案和造型也變化多端，讓人看了愛不釋手。爲了感謝親友和裁縫店的支持，媽媽常把作品送給他們，使他們更熱情的幫媽媽收集拼布的材料。

前幾年九二一大地震，台灣中部災情慘重，許多居民遭受家破人亡的變故，媽媽看到新聞報導，也覺得非常難過，便悄悄許下了一個願望。

那段日子媽媽很少出門，她每天早起晚睡，不停的做拼布，每到週末就把一星期來完成的作品，送到附近一家手工藝品店代售。店家每個月和媽媽結一次帳，媽媽把一針一線賺來的錢，全數匯款到救災專戶。

爲了賺更多的錢捐給災區居民，媽媽希望她的拼布作品做得又快又多，於是她集中精力，專做可愛的布偶娃娃。這些活潑可愛的布偶，表情充滿希望和快樂，擺在櫥窗展示，讓路人佇足欣賞之餘，就想買回家。

媽媽的拼布娃娃深受歡迎，訂購的數量也愈來愈多。她爲此非常高興，但也擔心自己一個人做，來不及供應。幾位阿姨知道了，紛紛要求來我家幫忙。媽媽教她們拼布娃娃的做法，不到一個月，每個人都很熟練上手了。人多，不只做得快又多，還可以集思廣益，互相討論，做出來的拼布娃娃都頗具特色。

街坊鄰居受到媽媽的影響，紛紛對拼布藝術產生了興趣。漸漸的，報名參加社區拼布藝術班的人愈來愈多，活動中心特地爲此增開一班，請媽媽去指導，媽媽成了拼布藝術班的老師！她帶領社區婦女利用巧思設計，把廢布拼拼湊湊，做成千變萬化的藝術品，然後定期舉辦成品展覽和義賣，幫助需要的人。

（吳嘉玲）

原來培養專長不見得要花大錢。我同學有的學畫畫、有的學小提琴、有的學長笛，每個月的學費總要好幾千元呢！

這位學做拼布的媽媽，不花什麼錢就可以學做拼布，還把它發揚光大，用拼布來賺錢，幫助需要的人，眞是令人佩服。

除了拼布藝術，還有什麼興趣是不用花錢的？

動動腦筋想，會發現不少哦！例如閱讀、寫作、園藝、下棋、球類運動、烹飪等。不花錢又有益身心的活動，值得當成興趣培養，而且有樂趣的事情，往往都是免費的呢！

巧手玲瓏

自己動手做，發揮創意樂趣多

我的外婆有七個小孩，其中有四個男孩、三個女孩，也就是說，我有四個舅舅和兩個阿姨。四十幾年前，外婆一家九口只靠外公一個人的薪水，日子過得非常儉約。當時外公不過是個中級軍官，薪水微薄，而且因爲經常戍守前線，在家的日子寥寥可數，家務的重擔幾乎全落在外婆的肩上。

幸好舅舅、阿姨和我媽媽都很孝順，他們從小獨立，養成凡事自己動手做的習慣，以減輕外婆的負擔，不讓遠在前線的外公牽掛。

外婆不到三十歲就已經生了好幾個小孩。爲了增加收入，她的一雙手從來不曾閒過。在孩子還小時，她就開始幫人織毛衣賺錢，一件接著一件，賺取微薄的手工錢。即使後來家境逐漸寬裕，已經不需要織毛衣賺錢，外婆還是經常爲家人織毛衣。

LUCKY

也許是受了外婆的影響，我媽媽和阿姨都喜歡自己編織衣物。就以我身上這件毛衣爲例，原來是外婆幾十年前織給我媽媽的，後來外婆把這件舊毛衣拆了，用舊毛線加上新毛線，重新織了一件給我。我穿在身上，可以感受到她老人家的愛孫之情。我的表兄弟姊妹，每個人都穿過外婆親手織的衣服。

至於外婆穿的毛衣又是誰織的呢？那都是我媽和阿姨們的傑作。她們的手藝或許比不上外婆的好，外婆卻把女兒們織的毛衣視爲珍貴的藝術品，經常穿在身上向人誇耀。

外婆很喜歡回憶孩子們小時候的趣事，尤其說到小舅舅，更是令人聽得津津有味。小舅舅自小就很會自己做玩具，像是捕蟲網、彈弓、紙牌、面具、燈籠、萬花筒以及小玩具箱等。

最讓外婆屢說不厭的是，小舅舅喜歡釣魚，夏天一到就自己動手做釣竿，也自己做魚餌，然後三天兩頭帶著釣竿、拎著水桶去河邊釣魚。等到黃昏時帶著幾條巴掌大的魚回家，這些魚經過外婆一番巧手烹調，就成爲當晚的佳餚。

怪不得小舅舅家孩子的玩具都很別緻，原來都是小舅舅親手做的。我的大舅舅也喜歡自己動手做東西，表哥和表妹的書桌也都是他的傑作，既美觀又牢固。

我媽媽最感興奮的事情是參加家族聚會，七個家庭共有三十人，真是熱鬧。他們兄弟姊妹喜歡一起動手做菜，粗菜淡飯也回味無窮。我深深覺得，大家一起動手做，或和親友共同分享親手做的拿手菜，不但有成就感，而且更能凝聚彼此的情感和向心力。（吳嘉玲）

我爸爸也喜歡自己做東西，而且還會廢物利用哦！記得幾年前，我在路上撿了一隻流浪狗，隔天爸爸便去菜市場拾了幾個水果販丟棄的木框，回家後拆開框架，利用拆下的木條做了一個小狗屋。

爸爸讓我和弟弟也幫忙，雖然給狗屋刷油漆沾得我一身髒兮兮，我卻覺得很有趣！

自己動手做東西不只是爲了省錢而已，它可以讓我們發揮創意和豐富的想像力。和家人一起動手做，不但可以培養愛物、惜物的美德，更能增添生活的樂趣！

害羞變雞婆

享受與人互動的樂趣

或許是身為獨女的關係，我小時候常覺得自己很孤單，即使和哥哥感情很好，常一起聊天到天亮，但因為性別不同，內心總渴望多認識一些可以談心的好朋友。

心思敏銳的我，對世界充滿了好奇，大概是因為時常和好學的哥哥聊天，或對著幻想的對象說話的緣故，上小學之後，我發現自己在別人的心目中是個有趣的人，朋友也多了，很多人喜歡接近我，每天都有說不完的話，認識不完的新朋友，實在很開心。

於是我漸漸從害羞、愛幻想的小女孩，變成愛說話、也滿懂得表現自己的小女孩。不過，轉變之後卻帶來一個新的問題。

我發現自己雖然人緣不差，也總有不少人想和我交朋友，但我始終沒能和人建立起深厚的感情。所謂的知心朋友，似乎還是只有哥哥。每次換班級、搬家，朋友就慢慢散了。後來我才知道，原來孤單的我只追求別人的注意和喜歡，卻不了解交朋友最重要的是分享和傾聽，因爲朋友不是那些不會說話的洋娃娃，他們也有心事。

我發現，去了解每個人不同的個性和想法，是一件很有趣的事，而且從關心與被關心的過程中建立起的友誼才更扎實、甜美。

我的個性溫和，而且大概還保有孤獨自處的習慣，很少和同學成群結黨，不過因爲被人認爲有趣，往往和「各黨各派」都能交朋友。漸漸的，我能了解不同人的性格、人與人之間的誤會，甚至充當溝通的橋樑。

每次有人意見不合，我會試著站在另一方的角度思考問題，很少跟著同仇敵愾，或是互相叫罵。雞婆時，更有可能力排眾議，替「敵人」解釋。

我始終過著既孤獨又合群的生活，而我確實也是個能享受孤獨時刻、又喜歡群體生活的人。常常前一刻沉醉在閱讀和想像的世界，後一刻卻和朋友結伴玩上整天整夜。這樣兩極的個性，讓我在大學快畢業、考慮就業出路時，選擇了活潑的公關工作。

多年的公關工作使我有機會接觸許多不同的人事物，既符合我樂觀、充滿求知慾的人格特質，也滿足了我喜歡站在不同立場看問題的個性，讓我磨練出更成熟的溝通與協調能力。（石芳瑜）

原來懂得跟人相處，也是一項專長。

喜歡與人相處，能讓我們在團體生活中得到許多樂趣，也藉此對人做出貢獻。我們都活在群體之中，沒人能眞的孤獨生活。西方不是有句名言：「沒有人是一座孤島。」

除了公關，許多工作如外交人員、業務、新聞工作者、商店服務人員，都必須具備喜歡跟人相處的特質，而管理階層的人員也都要懂得與人溝通、協調的藝術。只有像實驗室研究員、藝術工作者、工程師，比較不需要具備這項特質。

公關到底在做什麼？當公關人員需要具備哪些專長？

簡單來說，公關工作就是幫助公司、團體或個人建立知名度，以及和外界保持良好的關係，這些事其實我們從小和人群相處時就在做，只是當成工作時，會有比較複雜的思考。

公關人員需要有良好的聽、說、寫等溝通技巧，還要有求知慾和廣泛的興趣。培養興趣可以從現在開始，如果對很多事物都有興趣，不妨放手去學習，不要設限，有一天自然會發現自己最有興趣的工作和專長。

邵婷如 談興趣

我就是有那樣的熱情

（李美綾）

邵婷如，台北人，自幼喜愛勞作，大學時期迷上陶藝，自此創作不輟近二十年，曾受邀至美國、日本、匈牙利、丹麥等國駐地創作，作品於各地展出，有多件獲選典藏，二〇〇一年並入選為國際陶藝學院會員。出版卡片紙品多種、筆記書五十餘本、散文集兩本、繪本五本，陶藝評論四十餘篇。作品可見於http://homepage.mac.com/shao36。

圖片提供／邵婷如

可以說說您的成長過程嗎？

我小時候不愛讀書，常常覺得「為什麼要讀書？」可是都沒人能回答我這個問題。我比較有個性，常跟體制對抗。記得國小四年級，有一次上課我跟同學講了一句話，被老師處罰兔子跳，繞教室跳一圈。跳完之後站起來，老師卻說我沒跳完：「妳還差兩步。」我說：「沒有，我就是從這裡開始跳的。」在那個年紀的小孩，通常都是多跳兩下就算了，但我覺得這不合理，所以堅持不跳。老師說：「如果不跳就不要上課。」我說：「那就不要上課。」後來老師叫我姊姊把我帶回家，我媽媽還帶我去老師家道歉。

在課業壓力之下，有人覺得不會讀書就沒有用，可是我不這麼認為。雖然我很不喜歡讀書，功課也不好，但不知道為什麼，我有一種感覺：我一定有什麼用處，一定在某個地方用得上，只是時候沒有到。

現在我覺得讀書是自發的，覺得有需要，就會去讀書。我姪子曾問我為什麼要讀書，我回答他：「這對生命是很重要的，就像廚師煮菜，如果他熟悉許多的材料，就可以更得心應手的搭配出豐富的菜色了。」

您從小就喜歡美術的創作嗎？

我媽媽是插花老師，善於動手創作，我們小孩受到影響，對創作這方面比較敏感。小學我最喜歡勞作課，而且常常會做額外的。記得有一次我們用麥管黏成房子作造型，我覺得這樣還不夠，就在裡面做桌子、椅子，然後又剪一段短短的麥管，擠一點強力膠，看起來好像一杯飲料。還有一次我們用鐵絲做成動物，其他同學都是拿鐵絲繞一繞，把動物做出來就好，我卻多做個牛仔，而且還幫他做了水瓶。我喜歡多花心思去做這些，覺得很有興趣。

我不算受過正式的訓練，大學時，我每個寒暑假都去學東西，例如國畫、刻石頭、蠟染，學完一期之後，就買材料回家自己做，一直學到做陶，感覺特別強烈，就「黏住」了。記得每次下課大家都走了，我卻不想離開，還想繼續做，就是有那樣的熱情！大學畢業後，同學都去上班，我選擇去做陶藝家的助手，因爲我很清楚，我就是要做這件事。

有誰曾經鼓勵或影響過您？

從小我父母管教我們滿嚴格的，希望我們多讀書，後來也是支持我創作的重要力量。我覺得東方教育非常欠缺思考的訓練，只強調背，眞的學到什麼不知道。從國小四年級開始，到國中、高中，我在學校都很不愉快，後來大學聯招沒考上，我就去唸基督書院。

我唸的是外文系，系上的教授都是美國的傳教士，讀美國文學時，教授會問我們在文學作品中看到了什麼。這種問題一開始讓我們很錯愕，因為我們從來沒被教過要思考！後來，有個老師知道我在做陶，曾在課堂上特別點名問我：「以妳一個做創作的人來說，如何看這篇文章？裡面有眞善美嗎？」這種思考的啓發，對我影響很大。我常想，如果當初我勉強擠進其他的大學，恐怕不會比較好。

創作的靈感哪裡來？

到國外駐地創作，時間滿緊迫的，通常只有幾個月，我發現有些人會事先規劃好要做些什麼，但我從來不會這麼做。駐地的環境會給人啓發，我去到當地之前什麼也不想，到的第一個禮拜都不做事，到處走走看看，觀察一下，時候到了自然有靈感。

每次有靈感，我會馬上把它記下來。我的朋友夏瑞紅曾比喻說，人是一個燈泡，電源是從外面接來的。意思是說，人在宇宙很渺小，就算努力進修，那種靈光閃現還是不知道從哪裡來，不是我們能控制的。

創作有什麼樣的苦與樂？

創作很辛苦，例如做陶很容易體力透支，一包泥土就有四十公斤重，在成型過程中很需要體力。燒窯時，窯溫一千兩百度，還得時常在旁邊看顧，熱得不得了！不過等到作品燒出來，覺得很有成就感，就又忘記了辛苦！

每次在國外駐地創作，我都會感到生命無上的平靜和喜樂。創作的地點多半在鄉下，我穿著拖鞋到處跑，非常自由，而且可以專注在創作上，把自己的發想做出來，做到最完美。我想我選了一件適合我的工作，而且也覺得滿快樂的。

立志活出精采的人生

寫作能激發我最大的熱情！

只做木雕師傅還不夠，我要追求突破做創作。

我在古早文物中看到台灣的歷史。

又冷又硬的石頭，啓發了我的人生！

生物世界好新奇，令我深深著迷！

就算別人不認同，我也要畫出自己的特色！

為了找出真理，我要追根究底。

我要幫助人們擺脫貧窮。

熱愛寫作的一隻手

從醫生變作家，克萊頓打造「侏儸紀公園」

麥克．克萊頓？你恐怕沒聽過他的名字，可是一提到《侏儸紀公園》，許多人就耳熟能詳了，麥克．克萊頓正是《侏儸紀公園》原著小說的作家。另外，如果你也愛看電視劇，有一部美國電視影集《急診室的春天》，曾連續獲得八座美國媒體最高榮譽的艾美獎，這部影集的編劇也是麥克．克萊頓。

其實麥克．克萊頓還有許多作品被改編成電影，包括《桃色機密》、《最高危機》、《神祕之球》、《旭日東昇》等，他的最新著作則是二〇〇三年出版的《奈米獵殺》。

你可能會猜，能寫出這麼多部暢銷全球的小說，這個人應該是唸文學的吧？其實麥克．克萊頓原來唸的是醫科，會走上寫作的路，完全是自己的興趣和執著。

麥克是美國人，出生於一九四二年，父親是報社記者，所以麥克從小就聽過很多希奇古怪的故事。麥克想當作家，高中畢業後便考進哈佛大學文學院，可惜老師不怎麼欣賞他的作品，不管他怎麼努力寫，成績永遠都只有C。有一次，麥克故意抄了一篇普立茲獎得主的文章交上去，沒想到也只拿了B。麥克非常生氣，覺得老師根本看不出作品的好壞，於是轉唸人類學，並且修習醫學院的課程。

唸醫學是麥克家人對他的期望，畢竟醫生的收入要比作家多。可是學醫對麥克而言卻是很大的折磨，他每次看見血都快昏倒，每一年都痛苦不堪，很想放棄，但是親朋好友都要他再給自己一次機會。就這樣一年拖過一年，麥克為了安撫自己的苦悶，利用實習值班的空檔寫作，並參加比賽，有一次還得到兩萬美元的獎金。

得獎使他又興起寫作的念頭，想改走文學的老路，可是父母、師長、太太都不答應。好不容易他捱到醫學院畢業，有一天突然發現自己一隻手麻痺了不能動，經診斷為多發性硬化症，只有三年的壽命可活。

麥克向老師和家人表白，他要利用最後的生命去做自己真正想做的事，家人終於同意了。這時剛好他的小說要被拍成電影，電影公司請他去改編劇本。就在去程的飛機上，他突然發現自己的手又可以動了，原來之前的麻痺症狀，都是因爲心靈被壓抑所致。

全心寫作後的麥克作品不斷，他的小說總是結合科技知識和文學手法，產生驚悚懸疑的效果，使讀者看完他的小說後，能同時得到科學知識。如今他的作品已被翻譯成三十多國語言，行銷世界各地，其中更有十二本被改編成電影，大受歡迎。

回首麥克的寫作之路，如果沒有他的堅持和熱情，恐怕也不會有今日的成就了！

（戴淑珍）

麥克．克萊頓很幸運，他寫的小說都這麼暢銷。然而並不是每個作家都這麼幸運啊！

其實不只作家這個行業，各行各業要成功都需要靠一點運氣。可是麥克

也不是一直很幸運，在大學時代他的作品就不被老師欣賞。要成功，不能光憑運氣。

我是不是也可以不管別人的看法，堅持我的理想前進呢？

留心觀察，你會發現每個成功的作家，都是因爲有自己獨特的風格而成名。雖然剛開始時不見得有很多知音，可是只要堅持自己的創作路線，努力求進步，就有成功的可能。

能不能舉更多這樣的例子呢？

文學與藝術領域就有許多這樣的例子，比如畫家梵谷、史學家司馬遷，他們的作品都不是一開始就受到大家注意的！

從木雕師傅到藝術巨匠

朱銘勇於突破自己

大約六十幾年前，本名朱川泰的朱銘，還只是苗栗通霄山城裡的一個小名叫「九二」的男孩。由於家中共有十一個兄弟姊妹，食指浩繁，經濟條件並不寬裕，小朱銘每天放學後，都得跟著大他三歲的哥哥上山放羊，幫家人分擔勞務。

小學畢業後，朱銘去雜貨店當店員，一直到十五歲那年，鎮上的媽祖廟請來李金川藝師，爲重新修繕的寺廟進行雕刻裝飾。

「師傅，請收我爲徒，我會好好學習的。」他一聽說鎮上來了一位藝師，馬上前去拜師學藝。他學得很快，五年後便學成出師，開始做寺廟雕刻的工作。一直到了三十歲以後，朱銘開始對自己的人生感到茫然。

「我要一直這樣刻下去嗎？」爲寺廟雕刻了這麼多年，朱銘非常喜愛他的

工作，但也不斷思索著如何突破傳統，於是他試著跳脫成規，自行創作了許多木雕作品。他把作品拿去參加比賽，得到全省美展第三名。

「感謝評審對我的肯定，但我不能因爲得獎而自滿，否則永遠不會進步。」朱銘對家人及朋友說道。

同時，朱銘注意到台北有一位知名的雕塑大師楊英風，就想拜他爲師，追求更高的藝術層次。

朱銘揹著兩件木雕作品去找楊老師：一件刻的是母親，另一件是他的妻子，這兩人是影響他最深的兩位女性，所以作品中所投入的感情也特別豐富。他風塵僕僕的到台北請楊老師指教，並如願成爲楊老師的徒弟，於是舉家遷到台北縣板橋定居。

在這段期間，朱銘白天去楊老師的工作室學習，晚上回家還要教授傳統木雕技藝給自己的學徒，而他自己的創作則在半夜裡進行。楊老師覺得這個學生不但有天分，又肯努力學習，實在是個不可多得的人才，但像這樣日夜不得休息的日子太辛苦了。

「你應該撥點時間練練太極拳，對身體有幫助。」在楊老師的建議下，朱銘開始接觸太極拳，並將太極的精髓帶進他的創作裡。

像這樣兩頭奔波的日子過了七、八年，他終於將滿意的作品累積到足夠數量，在台北歷史博物館舉辦個展。

「太驚人了！這眞是劃時代的木雕藝術傑作！」藝評家們看著朱銘的《太極》系列創作，嘖嘖讚嘆。

「眞難得，這竟然是出自一名工藝木雕師之手！」連來參觀的一般民眾，也熱烈討論著。

自從這次展覽以後，朱銘的創作廣爲國人所認同，成功的從木雕師傅轉型爲藝術大師。第二年，他在國際藝術團體的邀約下，將作品送到國外展覽，引起國際藝壇的注目。

「只有毛毛蟲知道牠在長大。」他謙虛的對來訪的媒體記者說道。這句話說明了朱銘的成功不是偶然，而是永遠將自己「歸零」，才不會停滯不前，進而開創出人生的新局。

（吳立萍）

朱銘真謙虛。

謙虛的人往往比驕傲自滿的人容易成功，因爲謙虛的人不會爲了一點成就而自滿，所以會不斷鞭策自己進步；但容易驕傲的人，則會原地踏步、不再努力。朱銘後來成爲藝術大師，就是不因現狀滿足、勇於突破而成功的例子。

學習技藝，要像朱銘一樣找到好老師才行。

謙虛又肯努力的人比較容易得到旁人的協助，像朱銘得了全省美展第三名之後，仍然精益求精，願意從學徒做起，認眞學習，才能得到楊英風老師的賞識和指導，使自己更上一層樓。

爲台灣人傳寫歷史

莊永明蒐集民間史料

「莊永明」這個名字對喜愛閱讀台灣歷史的人來說並不陌生，他曾撰寫二十多本與台灣文史有關的書籍，其中最廣爲人知的有《台灣第一》、《台灣百人傳》等，報章雜誌稱讚他是「台灣第一通」，因爲他保存了大量台灣早期的史料，並且在撰寫台灣文史的時候，不走傳統歷史學家的路線，也就是以帝王或統治者的觀點描述，而改採尋常百姓的角度看待歷史。最難能可貴的是，莊永明既非學者出身，也並未接受任何機關的委託贊助，所有史料的蒐集與整理，都是靠他自己慢慢累積而來。

許多人都很佩服莊永明多年來爲台灣寫史所付出的心力，不過，要是有機會見識到他家中堆積如山的史料，可能還是會嚇一大跳。蒐集這些史料，是莊永明從小的興趣。

莊永明自小生長在繁華熱鬧的台北大稻埕，經商的父親十分熱衷文化活動，常參加「台灣文化協會」所舉辦的各項演講，加上和台灣歌謠大師李臨秋、詩人林清月醫師等人「做厝邊」（台語，鄰居之意），所以從小耳濡目染。就讀小學時，莊永明廣讀不少台灣民間故事，小小的心靈裡孕育了台灣意識的種子，也引發他往後對文史工作的興趣。

集郵和蒐集老明信片是莊永明的最愛之一，國小二年級起他便開始集郵，上國中後更迷上了老明信片，舊書攤經常可見他流連徘徊的身影。老明信片裡記錄的影像，讓莊永明看到了歲月在台灣土地上走過的痕跡——當時人們穿著的服裝、吃用的物品，甚至是街景的變化，都讓他覺得生動有趣，爲了深入了解明信片上的景象和故事，他還去查閱了相關的歷史資料。

在尋找老明信片的過程中，莊永明又意外的發現了許多「寶物」，像是台灣方志、老地圖等。

雖然莊永明後來的正式職業是公司會計，沒有踏上學術研究之路，但是他對台灣史料保存和蒐集的興趣卻未曾稍減。

莊永明發現，有些人花大錢購買史料只是爲了個人收藏，他認爲這種做法反倒讓大眾失去了和歷史接觸的機會，等於抹煞了古文物的價值，所以他開始著手撰寫台灣的文史，將自己多年來辛苦蒐集的資料加以整理，以文字和圖片的方式呈現，讓它成爲台灣人共同的資產。

透過莊永明淺顯易懂的介紹，配合近年來台灣本土意識的逐漸復甦，愈來愈多人開始注意、關心這片土地。莊永明自小培養蒐集台灣史料的興趣，發揮了莫大功效，也爲後代子孫留下了最珍貴的文化資產。

（王一婷）

喜歡在台灣古早文物堆裡打轉的莊永明，因爲這項從小培養的興趣，成爲知名的台灣文史作家，也讓我們對從前台灣人的生活有更深入的認識，可見只要專注在某件事物上，哪怕是看來微不足道的小事，日積月累也能有一番成績。

喜歡古文物的人都是很特別的「怪ㄎㄚ」，像我喜歡蒐集可樂瓶，說不定將來也能發現其中大有學問耶！

每個人的興趣不一定相同，只要是做自己喜歡的事，能從中獲得樂趣，就是件很棒的事。

許多在各行各業表現突出的人，都是做自己感興趣的工作，有興趣做後盾，工作起來自然帶勁，成功的機會也就大大增加囉！

愛石成痴，衷心不悔

陳仁德開博物館以石會友

十四年前，住在嘉義市湖子內路的陳仁德，利用住家旁的一塊空地興建了一座面積一千五百坪的「石頭資料館」，將他一生的珍藏公諸於世，與同有雅好者分享。

陳仁德原來從事書店及出版經營，二十八歲那年在東台灣旅行時，被路旁的販石攤吸引，從此對千奇百怪的石頭產生興趣。今年已屆古稀之齡的陳仁德，四十多年來為了蒐集石頭標本及藝術珍品，讀遍礦物、化石圖鑑等工具書，足跡更踏遍全球五大洲、八十餘國，只要他看中的石頭，就不惜代價收購，如今收藏品已高達八千餘件，而且他堅持「不賣」的原則，所以收藏品有增無減。

「石頭資料館」目前分設四館，因空間限制，目前僅展出一千二百件稀世寶物。館內最「高齡」的石頭有四、五億歲，有重達十二噸的珊瑚化石，有最輕的波羅的海昆蟲琥珀，有難得一見的礦石祖母綠、自然金、白髮魔石，還有絕種古生物長毛象、披毛犀牛、鱷魚的祖先等。

在「法輪常轉」區，陳仁德計畫蒐集一百零八顆、每顆重達千斤的旋轉彩色化石，讓參觀者藉著「石來運轉」能發財；第一館「化石館」內，有兩具能近距離仔細觀賞的古埃及木乃伊，是嘉義收藏家黃英哲先生捐贈的，可惜黃先生英年早逝，讓陳仁德唏噓不已。陳仁德的收藏更有來自馬達加斯加、秘魯、那密比亞、薩伊、坦尚尼亞等地，凡是世界地圖上有的國家，大都可以在「石頭資料館」內找到當地的石頭，走一趟「石頭資料館」，相當於繞地球一圈。

陳仁德傾一生的財力心血，投注於石頭的收藏，「石頭資料館」開館十二年間，又投下二千多萬元的管銷經費，親友時常勸他「要講究投資報酬率」，溫厚的他總是回答「我收藏石頭在於教化功能，不是作生意投資」，而以一笑置之，陳仁德散盡家產的收藏得不到家人的支持，但他堅持「在有生之年能爲社會做些有意義的貢獻才不虛此生」的理念至今不悔。

二〇〇二年十月，陳仁德向中國大陸以年租金六百萬元租展恐龍化石三十二具，增闢第四館「侏儸紀公園恐龍世界」，因爲展場開銷實在太大，開始酌收門票，但仍入不敷出，不過陳仁德依舊淡然一笑。

陳仁德爲了管理「石頭資料館」，退出文教經營生意，他收藏石頭的心念著重於社會教化的功能，從不考慮石頭的世俗價值及增值性，所以館藏品只展不賣。與石頭朝夕相處四十多年，石頭不怕蟲蛀、易保養，而「它們」任人擺布尚且沉默無爭、不憎不嫉，正是陳仁德開設「石頭資料館」以石會友，給予眾生最好的啓示。

大約五、六年前，陳仁德收到一張面額壹萬元的支票，未留住址的開票人指明要贊助「石頭資料館」，儘管收支嚴重失衡，陳仁德仍將這筆捐款轉贈文化中心。已七十出頭的陳仁德，有感於家人不支持他收藏石頭，「石頭資料館」將後繼乏人，所以願意將全館捐給政府機關或企業團體，以延續這批珍寶的命脈。陳仁德身材瘦小，心量卻如大海般寬廣，除了個人本具的善性外，相信是「閱石無數」的潛移默化之功吧！

（陳文馨）

雅石

怎麼會有人這麼喜愛石頭？

有些人對自己有興趣的事，會特別的投入，甚至不計代價去追求。就像同樣看一本小說，有人覺得索然無味，也有人認爲是曠世巨作。以陳仁德這樣的「石頭迷」來說，石頭的趣味只有同好才能了解。

我想他的家人就是因為無法體會他對石頭的感情，所以才不支持他吧！

即使是住在同一個屋簷下的家人，也不一定發展出共同的興趣或志向，這是不能勉強的。還好，家人的反對沒有澆熄陳仁德對石頭的熱情，所以我們才有機會看到這麼豐富的收藏品。

勇闖書道生涯

黃篤生忠於理想，發揚書法文化

你看過滑雪嗎？可曾爲電視螢幕中銀白的大雪山著迷？眼睛追索著那些滑雪者一連串的流轉，心都跟著飛躍！融合了衝浪的壯麗、芭蕾的優雅，像這樣曼妙的過程，你可曾在另一個時空見過？

也許你沒想過，那是書法家的行草揮毫——在冰雪般的白紙上，牽動沾有墨汁的舞鞋，無論是滑行、迴旋或跳躍，奔流的痕跡，可不會被下一場雪淹沒，刹那成永恆！

要練到人筆合一、揮灑自如的境界，據說要下三十年的苦功。在運筆的過程中，有時會爲力不從心而懊惱，有時則感覺順暢、豁然開朗，眞可說是苦樂參半。書法家黃篤生執筆五十年，年輕時以得獎、受肯定作爲人生的目標，但在功成名就之後，則喜歡悠遊自在的創作。

然而這一切並非理所當然。

少年時的黃篤生，因爲喪父、體弱等緣故，只能讀到商職，不過他在十七歲時進入私塾修國學，接觸到四書、唐詩等古籍，深深爲其中豐富的知識、優美的詞藻及精采的故事所吸引，於是鎮日沉迷於經典的世界中。

十八歲時，黃篤生看到張大千大師的畫展，畫價如天高，便立志當藝術家，以畫維生，也好達成母親盼他賺大錢的願望。於是他進入書壇老前輩曹秋圃先生所主持的「澹廬書法國文專修塾」，打下扎實的基礎。因爲經歷過戰亂飢荒之苦，當年在市場賣魚養活一家的寡母，實在很希望獨子成年後能讓她享享福。

影響黃篤生一生的關鍵恩人是林傑卿醫師。林醫師是他父親生前的好友，雖是孤兒出身，但奮發圖強，從醫致富，是受人尊敬的好榜樣。黃篤生的母親曾希望兒子跟隨他學醫，但林醫師深知黃篤生的志趣，於是說服黃母，帶他投入溥心畬大師的門下，作詩學畫。

不過黃篤生仍繼續跟隨曹秋圃先生學習，兩人常常深談到半夜，令黃篤生感覺收穫特別多，於是便決定放棄繪畫，專心研習書法。當時是民國四、五十年，練毛筆字幾乎是毫無前途的傻事，人們紛紛轉向工商業發展，創造經濟奇蹟，黃篤生卻冒著「讀書等於失業」的危險，每天在譏諷怒罵中繼續自己的志向。

總算在二十四歲那年，他得到「中日文化交流書法展」第一名，並在獲得多項大獎後，晉升爲美展的評審，也在國內首要的書法團體「澹廬書會」和「換鵝會」中擔負重任，推廣書法藝術的欣賞與教育。幾十年下來，他的許多弟子已在這方面展現佳績了，這是令黃篤生頗感欣慰的成就。

看黃篤生練字，臨摹歷代名家各體字帖，好比武俠故事中的劍客——修練各門各派絕學，最後融會精髓，貫通穴脈，再創獨門神功。只是，這樣的歷程，現在和未來大概都沒幾個人願意體驗了。

（邵霖）

當書法家能賺多少錢？

賺多少錢是因人而異的。有些書法家教授上百名學生，可以賺錢買房子，黃篤生則利用賺來的錢購買了豐富的藏書，這些藏書對他的學生，包括在職國文老師、甚至大學教授而言，是座知識的寶庫，他們常常帶著禮物去黃篤生的住所，尋討這些精神上的珍品呢！因爲有黃篤生那一輩同好的努力傳授，書法藝術才能承續發揚。

現在我們都用電腦打字了，學書法有什麼用呢？

雖然現代人拿筆寫字的機會變少了，但電腦字體和書法家寫出來的字，感覺畢竟不同。書法是千變萬化的創作，在筆墨變化之間，能讓人感受特別的趣味。

有興趣的話，不妨把書法當成一種遊戲，以筆沾墨，在紙上自由的滑行，不但可以暫時擺脫輻射線和電腦病毒的隱憂，也能讓書法的美傳延得更深、更遠、更長。

解讀自然的奧祕

達爾文以演化論開創生物學新視野

說到「演化論」、「物競天擇」等理論，大家應該都不會感到陌生吧！這是大約一百五十多年以前，由英國博物學家達爾文所提出的。但在當時大家都還認定「人類和萬物是由上帝創造，物種亙古不變」，爲什麼他會提出這麼「顛覆」的理論呢？把時間推回到十九世紀初，來看看達爾文的童年吧！

「唉！爲什麼他只對生物及礦物的標本有興趣呢？這樣下去怎麼得了？」達爾文的父親是一位名醫，在他的觀念裡，學醫才是一條正路，所以達爾文中學畢業後，便在父親的安排下進入愛丁堡大學醫科就讀。但不久之後，他就發現自己實在不是當醫生的料，因爲他只要一進手術房就害怕。

「那你就去劍橋大學學神學吧！」父親說。

其實達爾文喜歡的是生物科學，但在不能違抗父親的情況下，只好勉爲其難的進入劍橋的基督學院。

在這段求學的時光中，達爾文仍不放棄自修生物方面的學問，且由於他的認眞和努力，在劍橋大學裡認識了不少天文、物理、生物、博物等專家，並於一八三一年，經由一位博物學教授的介紹，登上「小獵犬號」，擔任隨船博物學家，以五年的時間航行世界各地，進行生物考察的工作。

當小獵犬號從大西洋進入太平洋，來到南美洲西側的加拉巴哥群島時，船員們立刻就被島上的生物奇觀吸引住了。

「達爾文先生！」一名船員上氣不接下氣的跑來，向剛踏上岸邊的達爾文說道：「島上有很多大烏龜，還有很多從來沒見過的動物！」

「太奇妙了！」達爾文像看見寶藏似的，仔細觀察眼前的各種生物。

「咦，這群島嶼上的雀鳥怎麼有這麼多不同的嘴喙形狀？」他再進一步研究，發現有十三種嘴形的雀鳥，而且各有不同的取食方式，例如嘴喙像鸚鵡的雀鳥，是咬開堅硬的堅果殼，吃裡面的種子；嘴喙較細長的雀鳥，則捉小蟲子來吃。

「明明是同一類的雀鳥，爲什麼會有不同的取食方式呢？」達爾文感到非常困惑。

「也許因爲這裡的每一座小島都是孤立的，每座島的生物『往來』不易，所以各自形成獨立的生態環境。爲了適應環境，原本同種的雀鳥，必須採用不同的取食方式，於是便漸漸『演化』出不同的嘴喙了。」達爾文推論著。

達爾文回國後，繼續深入思索，後來發表了物種起源理論，扭轉了世人對生物學的觀點。

（吳立萍）

為什麼爸媽總要我們按照他們的期望去做呢？

父母都希望自己的孩子未來有所成就，有期望是必然的，而且他們的意見也值得參考，但如果家人的期待和自己的興趣不一樣，不妨多跟他們討論，說出自己的想法，這樣不但可以爭取家人的支持，也可以藉此更了解自己。要是能朝自己有興趣的目標發展，就會做得比較快樂，也比較容易做得好！

如果一定得聽家人的意見，去做自己沒興趣的事，怎麼辦？

就像達爾文一樣，他從小就對生物有興趣，即使後來唸了完全不相干的科系，但因爲自己仍然不斷的學習，終於還是達成了願望。所以說，只要肯努力、有恆心，就有成功的希望。

我也很喜歡觀察生物，希望將來能從事這方面的工作，我該怎麼做？

平時就要養成觀察自然的習慣，多多閱讀相關的書籍，最好將來能就讀生物相關科系。不過，就算以後沒辦法如願就讀生物系所，也不用太失望，或因此放棄了興趣，瞧！達爾文不就是一個自學成功的例子嗎？

顛覆印象派的畫壇怪傑

塞尚開啓現代繪畫的大門

「你要想想你的未來！」

「從事藝術你會餓死，賺錢才能生活！」

一位銀行家正厲聲訓誡著自己年輕的兒子，這個十九歲、喜愛藝術的年輕人——塞尚，一直想到巴黎去學畫，但卻遭到父親的反對。

塞尚，一八三九年出生於法國南部普羅旺斯的埃克斯鎮，家境富有，父親管教他十分嚴格，對他有很高的期望，但總認為從事藝術工作沒有前途，而要他去學法律。

學法律的第二年，塞尚還是決定要去巴黎學畫，還好他的母親很了解他，支持他朝繪畫方面發展。經過許多波折，塞尚終於獲得父親同意，於一八六一年動身前往巴黎。

塞尚在巴黎結識了許多當代的印象派畫家，有莫內、西斯里、雷諾瓦等，並且和畢沙羅結爲好友，所以他初期的畫風受到印象派的影響。不過他畫裡那種強勁有力的塗色方法，在印象畫派畫家中顯得很獨特。

塞尚雖然到了巴黎，可是因爲個性不隨和，無法眞正融入巴黎的生活，經常跑回家鄉。塞尚覺得他繪畫的技法和理念不被巴黎畫壇重視與接受，而他嘔心瀝血的畫作也多次被批評得一無是處，令他幾乎崩潰。一八四七年之後，塞尚逐漸遠離了巴黎這一夥人，離群索居，孤獨的作畫。

當時盛行的印象派繪畫是以光與色爲重，強調捕捉光線所造成的瞬間形象與色彩，由於過度信賴一時的視覺，以及瞬間之眼所見的色與形，繪畫脫離了物的本質。塞尚經過反省和多次實驗，選擇以本質爲主，追求造形的簡化，並且善用印象派的特色，將瞬間捕捉的光與色變化，在簡單的形上做最有效果的表現。

對塞尚來說，畫一幅畫，就像解一道方程式，他的繪畫理念，可以用他的名言「一切物體成形於球體、圓椎體和圓柱體」來說明。

一八九六年以後，塞尚完全脫離巴黎的生活，返回故鄉定居，與普羅旺斯西部空寂的山林爲伍。家鄉紅色的岩石、蔚藍的天空、墨綠的松林，成爲塞尚畫作中的素材，也帶給他豐富的靈感，從此在與世隔絕的村居生活中，展開他眞正的藝術生命。

一九〇六年，塞尚因爲前往野外作畫遇上暴風雨，受了風寒後來轉成肺炎，於同年十月二十二日病故。一年以後，巴黎的一次大型畫展展出他的作品，肯定了他的地位，世人尊崇他爲二十世紀現代繪畫的開創者，他的作品也被世界知名的美術館珍藏。

雖然塞尚生前不被世人接納，但他從不被功名拖著走，更不會趨炎附勢，他不倦的工作，不息的研究，創新的觀念深深影響了後來的繪畫理論和發展，難怪被視爲十九世紀以來最偉大的畫家之一。

（吳嘉玲）

我在畫冊上看過塞尚的畫，他畫了很多幅紅蘋果。

塞尚畫那些紅蘋果，是爲了研究物體的本質，以及形與色的變化。我們從一個簡單的蘋果，就可以研究塞尚作畫的幾何方法、他使用的明快顏色，以及他捕捉光線的深度。

除了畫靜物，塞尚也畫了許多幅親人的肖像畫。至於風景畫，大多以他家附近的聖維多利亞山爲主。他把每幅畫都當做一項實驗，不停的鑽研，也努力吸取各個時代的特色和優點，尋求突破與創新。這種對興趣、理想的堅持和執著，眞是異乎常人。

聽說塞尚的鄰居都認為他精神有問題，有人甚至當面譏笑、嘲諷他，他都不在乎。

塞尚晚年深受糖尿病之苦，但仍持續作畫，完成了《玩紙牌的人》、《浴女們》及《聖維多利亞山》等變體名畫。這些畫在當時看來眞的是標新立異，不受歡迎。可是後來學者專家研究發現，是塞尚開啓了現代繪畫的大門，如今他小小的一幅畫就價值連城呢！

謙遜的天才

法拉第為真理追根究底

「我的教育只能提供我最基本的裝備：簡單的閱讀、書寫與計算。」被稱為「電磁學之父」的米契爾．法拉第只受過小學教育，出身貧窮鐵匠家庭的他，後來發現了電和磁的祕密，把人類的文明送進了電力的時代。

「親愛的雷伯先生，我之所以能一窺科學殿堂的豐富，全是緣於您允許我閱讀您所有的書。」這位雷伯先生不是什麼了不起的科學家，而是法拉第年少時在印書店工作的老闆。白天印書、晚上讀書，是法拉第生活的全部；法拉第對科學的觀念和做研究的態度，也是從那些書中逐漸培養的。

一八一〇年，當全世界正注目著拿破崙與英國的交戰時，十九歲的法拉第每周三晚上固定參加「都市哲學會」課程，這堂課什麼都上，但法拉第最有興趣的是電學。為了驗證書裡的內容，貧窮的法拉第拿出全部的積蓄買了

兩個電瓶，窩在印書店裡，做著簡單的實驗。對任何一項理論仔細作實驗，是法拉第研究生涯中最可貴的堅持。

不久之後，法拉第大膽的站上都市哲學課程的講台，發表了一項和當時學術界意見相左的電學理論，這是他根據書本記載的最新研究，加上自己親手實驗所整理出的結論。老師對法拉第的表現大感驚訝，因爲來上課的學生大多是沒辦法接受太多教育的社會下階層份子，怎麼會有一個年輕人，不但有能力提出這樣耳目一新的理論，甚至還能拿許多大學生都還看不懂的學術報告來引證呢！

「電磁轉換」和「電磁感應」是法拉第在電磁學上的兩項重要發現，但其誕生的過程都非常漫長而艱辛。

嚴格說來，第一個嘗試電磁轉換的，不是法拉第，而是法拉第在皇家學院的老師戴維，但是戴維完全失敗了。當時法拉第正爲了寫一篇回顧電磁學發展歷史的文章，有系統的閱讀所有關於電磁學的研究報告，並仔細重做每個理論的關鍵實驗。法拉第在研究中發現了戴維失敗的原因，於是將實驗重新設計後，終告成功。這項發現帶動了馬達的發明，電磁學也逐漸步上科學界炫人的舞台。

被譽爲「電磁學最優美的詩篇」，也是設計發電機、發電廠最主要原理的電磁感應現象，是使人類文明進入電的時代的關鍵，卻也是讓法拉第足足花了十年還不能完成的不可能任務。在低潮的時候，法拉第曾自問：「我是不是在證明根本不存在的東西？」但生性積極的他也同時想著：「沒有結果，也是成果，因爲已經愈來愈接近眞實的答案了！」

幸好，法拉第沒有放棄，電磁感應實驗終於在一八三一年成功。一心在學術上追求眞理的法拉第，從不知道自己的研究爲人類帶來了多大的好處，以至於退休時，當英國女王邀請他與皇室同住時，法拉第還因爲怕付不出租金而一度拒絕呢！

（倪宏坤）

許多大人物都是出身貧寒的家庭，是不是窮人家的孩子比較容易成功？

有些出身家庭較不好的孩子，會比一般孩子更珍惜學習的機會，就像法拉第，他對科學有興趣，就利用印書工作的空檔，汲取書中的知識。出身好不好並不是關鍵，最重要的是能朝向嚮往的目標一步一步邁進！

法拉第只唸過小學，一路走來，應該很辛苦吧！

憑著簡單的閱讀、書寫與計算能力，法拉第得以自修向學。他一心想在科學上有更扎實的研究，並不在乎週遭人的眼光——也許曾經在乎，但他還是沒有計較，最後終於憑實力獲得了肯定。

原來一個人的堅持，可以對世界帶來那麼大的影響，真是了不起！

想讓世界不一樣

溫世仁一心打造「千鄉萬才」夢想

黃羊川，原本只是一個位在中國甘肅省、沒沒無名的小村落，放眼望去是無邊的黃土，很難想像在如此貧瘠的環境下，老百姓能有什麼樣的發展。可是自從二〇〇〇年，胖胖的、總是滿臉笑容的台灣企業家溫世仁來到了這裡，整個村子便脫胎換骨，有了新的希望。

最初看到當地居民的生活時，溫世仁形容自己「眼淚都要掉下來！」後來他走遍了整個中國大西部，希望找出最好的辦法來協助貧窮的農民。終於，他在二〇〇二年成立了「千鄉萬才公司」，希望幫助大陸一千個鄉村網路化，改造整個大西部的未來。

於是他就在第一個打造的夢土──黃羊川，協助當地學校建置網站、訓練電腦人才，將老百姓所種植的農產品，透過網路賣往全世界。他夢想能將這個成功模式複製，幫助中國的八億農民脫離貧困，甚至信心十足的提出「西部開發十年可成」的願景。

沒想到這個十年夢想才剛開始實現，溫世仁卻在隔年十二月過世，讓許多人不捨與惋惜。

溫世仁常勸人要有夢想，而他自己最大的夢想就是幫助別人、回饋社會，他說過：「一個人有再大的權力、再高的智慧，如果沒有學會去關懷別人、去愛別人，那他的生命還有多大的意義呢？」

溫先生的興趣廣泛，不管是科技還是人文，而他一生追求的始終是幫助別人，這是他認定的人生意義。他出身窮苦，卻在很年輕時就很有錢；才二十五歲，就當上金寶電子總經理，之後歷任英業達總經理、總裁、副董事長等職務。他曾對朋友說：「我這一生賺這麼多錢，做生意就到五十歲爲止，五十歲以後，我要做一件你們都做不到的事，就是把錢花掉，回饋社會。」

立志「五十歲後不再做生意人」的溫世仁，果真在五十歲這年放下公司大權，轉向文化、公益事業。寫書、演講、發展中國西部、幫助窮人，成了他五十歲以後的生活重心。

這幾年他總是提著兩只皮箱，一年有三百天以上不在家，人不是在旅館，就是在飛機上過夜，不停往來各地，實踐助人的夢想。他的人生名言是「兩只皮箱、幾個親人」，生活過得簡單，卻始終怡然自得。

溫世仁是基督徒，他說：「我相信生命是出現在舞台的那一刻，死亡與黑暗則是在生命背後襯托光彩的布景，每個人都會在人生的舞台上扮演不同的角色，盡力把這個角色做好，就是最精采的演出。」

五十五歲就消逝的生命，或許是太短暫了一點，可是溫先生一生發光、發亮的精采演出，卻活在許多人的心裡。

（石芳瑜）

只活了五十五歲真可惜！

人生有許多事值得努力，卻也有我們沒辦法預測的意外。溫先生有那麼美好的夢想，而且那麼努力的實踐它，相比之下，沒有夢想、也不努力去發展自己興趣、能力的人，恐怕是更可惜呢！

倪敏然談立志

為自己定一個「蝙蝠計畫」

（李美綾）

倪敏然，一九四六年生，從小熱愛表演，二十歲前便已錄製過三十八張相聲及綜藝類唱片。進入演藝圈後迅速走紅，迭有佳作，也因歷經多次起落，深諳沉潛與學習之道。二〇〇一年以《千禧夜，我們說相聲》中的貝勒爺一角再創演藝高峰，著有自傳《其實你看到的是我的背影》（圓神出版），近期舞台劇作品有《大宅，門都沒有》。

圖片提供／倪敏然

您是否很早就決定要從事表演工作了呢？

我年輕的時候雖然不清楚自己想做什麼，但是知道自己的方向大概是怎樣，就像鮭魚逆流而上，一心一意的往那個方向去。後來我知道，我天生就是幹（表演）這行的。

我覺得藝人是天生的，雖然並不保證一定會成功。在我看來，藝人要有百分之九十的天份，再加上百分之十的技藝。因爲就算技藝學得再好，如果沒有天份、沒有感覺，那也是沒有用的，所以我從來不會鼓勵不是這行的人幹這行。

您對工作總是全力以赴，這種認真求好的態度是怎麼養成的？

有句話我常說：「律己以嚴，待人以寬。」許多人都只從字面上去了解這句話，認爲對自己嚴厲是一種負面的思考。但是舉個例，吃飯時我要吃飽，因爲我律己以嚴；至於你吃不吃飽，不關我的事，那叫待人以寬。演戲時，我對你寬一點，對自己嚴一點，結果誰的戲會好？要對自己要求嚴格，才會進步！

我也主張，與其檢討錯誤，不如研究成功。例如我兒子喜歡打高爾夫球，他說他看到很多人都是一桿打出去沒打好，就回家檢討錯在哪裡，但打出了好球卻往往不檢討。其實這是錯的。人們都認爲好是應該的，但往往不知道爲什麼好，我認爲要檢討打出好球是什麼原因，分析手勢、風向、當時的感覺是怎樣，然後每一次都按照那個去做，就會每次都打好球。每次都照成功的模式去做，雖不中，亦不遠矣。

在您事業面臨低潮時，怎麼鼓勵自己？

遇到挫折時，感覺很慘，但還是活過來了。其實人無遠慮，必有近憂，困境隨時隨地都在，在任何狀況之下，都要去思考，如何脫離目前的困境。

我愈來愈相信命運，因爲人太渺小。但是我也相信亂世中有一種慈悲。身處在亂世之中，我們一定要有抗壓性，隨時隨地做調整，要自己多努力一步，為明天再多努力一步，然後就會覺得老天爺眞的很恩慈，因爲祂又試煉了我們一次。

很多人覺得現在是亂世，那麼在這樣的亂世中，老天爺的慈悲是什麼？我想是自助、人助，然後天助！當自己戰勝亂世，突破了而沒有被綁住時，就會感受到這份慈悲，老天爺會爲我們開一扇門。如果怨天尤人，以爲自己最大，最後就會垮掉，感受不到上天的慈悲。

許多年輕人也想發展興趣，但似乎因為課業繁重而無法兼顧。

曾有大陸演員跟我說：「你們台灣的戲好演，大陸的難演，因爲我們這裡限制太多，這個不准，那個不准，沒辦法發揮創意。你們台灣沒限制，所以戲比我們好。」我的回答是：「一個房間有地板、天花板，四周有牆壁，我們得在裡面飛，而且不能撞牆，你說有沒有辦法？」他說：「那怎麼成呢？」我說：「對，地板、天花板、牆壁都不能拆掉，還要飛得很自在，你不行，誰行？蝙蝠就行！」如果沒辦法調整環境，我們就調整自己變成蝙蝠，那就會很自在。

一樣的道理，你說現在的小孩課業很重，所以不能怎樣怎樣，但是課業重就好比天花板和牆壁，每個人都有能力變成蝙蝠，所以要爲自己定一個「蝙蝠計畫」，這就是立志。

以過來人的身分，您會給現在的年輕人什麼建議？

我看到這個社會上有許多人立志當「豬」。怎麼說呢？豬在經濟活動中是作爲食物的，也就是被人吃，而現在許多年輕人就是以被人吃爲喜——借錢、用循環利息、不讀書、頻頻換工作、買炫的手機，甘心被銀行騙，這叫做「新貧階級」。誰不知道智慧就是財富？那爲什麼不去增加自己的智慧？只求看起來很炫，卻永遠買不起房子，這樣的自我期許就叫做豬：「我就是別人的食物，永遠被人所用。」

在人的世界中要當人，但是我們有多少人立志提升自己去控制局勢，是眞正當到人的？台灣才兩千三百萬人，憑什麼晶圓的製造會佔全世界的百分之八十五？現在有七十幾歲的張忠謀，爲什麼看不到二十幾歲的張忠謀？

我認爲年輕人就是要顚覆，所謂的「草莓族」只能等死。我自己在二十歲的時候開始顚覆，活到六十歲，還在顚覆，還是向前看。忘記昨天，把握今天，爲明天而衝刺。如果一個人可以做到這樣的話，日曆撕不撕，根本意義不大！

The Eurasian Publishing Group
圓神出版事業機構
用心與你對話・視野無限寬廣
圓神出版社
Eurasian Press

http://www.booklife.com.tw　　inquiries@mail.eurasian.com.tw

說給我的孩子聽 05

面對人生的10堂課——興趣與志向

發 行 人／簡志忠
出 版 者／圓神出版社有限公司
地　　址／台北市南京東路四段 50 號 6 樓之1
電　　話／（02）2579-6600・2579-8800・2570-3939
傳　　真／（02）2579-0338・2577-3220・2570-3636
郵撥帳號／18598712　圓神出版社有限公司
副總編輯／陳秋月
主　　編／林慈敏
策　　劃／簡志忠
審　　定／張之傑
套書主編／李美綾
插　　畫／游耀創
責任編輯／李美綾
校　　對／李美綾・丁文琪
美術編輯／劉鳳剛
排　　版／莊寶鈴
印務統籌／林永潔
監　　印／高榮祥
總 經 銷／叩應有限公司
法律顧問／圓神出版事業機構法律顧問　蕭雄淋律師
印　　刷／龍岡彩色印刷
2005年5月　初版

定價 250 元　　ISBN 986-133-068-2

國家圖書館出版品預行編目資料

面對人生的10堂課．興趣與志向 / 林慈敏主編.
-- 初版. -- 臺北市 : 圓神, 2005[民94]
面； 公分. -- (說給我的孩子聽系列 ; 5)

ISBN 986-133-068-2 （精裝）

1. 親職教育　2. 父母與子女

528.21　　94004316

請貼郵票

圓神出版事業機構 收

105 台北市南京東路四段50號6樓之一
Tel：02-25796600 Fax：02-25790338

對折黏貼後，即可直接郵寄

說給我的孩子聽系列　**面對人生的10堂課**

說給我的孩子聽系列　**面對人生的10堂課**